NÃO me julgue PELA CAPA

MATHEUS ROCHA

Não me julgue pela capa

INSEGURANCAS DE UM ANSIOSO

OUTRO Planeta

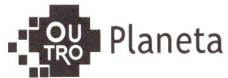

Copyright © Matheus Rocha, 2019
Copyright © Editora Planeta do Brasil, 2019
Todos os direitos reservados.

Preparação: Fernanda França
Revisão: Fernanda Guerriero Antunes e Laura Vecchioli
Projeto gráfico e diagramação: Márcia Matos
Ilustrações de miolo: Ana Áurea Medeiros
Capa: Helena Hennemann / Foresti Design

Dados Internacionais de Catalogação na Publicação (CIP)
Angélica Ilacqua CRB-8/7057

Rocha, Matheus
 Não me julgue pela capa: inseguranças de um ansioso / Matheus Rocha. – São Paulo: Planeta, 2019.
 256 p.

ISBN: 978-85-422-1687-5

1. Ansiedade 2. Ansiedade - Narrativas pessoais I. Título

19-1289 CDD 152.46

2019
Todos os direitos desta edição reservados à
Editora Planeta do Brasil Ltda.
Bela Cintra, 986 – 4º andar – Consolação
01415-002 – São Paulo-SP
www.planetadelivros.com.br
faleconosco@editoraplaneta.com.br

Dedico este livro a todos aqueles que foram excluídos, menosprezados, ridicularizados. Aos que já sentiram que não cabiam dentro de si.

Dedico este livro a todos os ansiosos, aos que têm pressa de ser feliz.

Eu sou um de vocês. Eu sou como vocês. Eu estou lutando por mim, mas a guerra é nossa. O nosso prêmio é existir em paz. Nós só queremos amar em paz. Amem(os).

PRÓLOGO

1h45min
Já é madrugada aqui, nesta página. Não sei a que horas você está lendo isso, mas, por aqui, a cidade deveria estar dormindo, porém sabe como é São Paulo, não é? Caso não saiba, te conto – costumam dizer que a cidade não dorme. Bom, temos isso em comum. Eu também quase não durmo, ou não durmo o tanto que gostaria, ou não durmo como gostaria; a ansiedade me faz ficar acordado sempre esperando algo novo acontecer. Às vezes, até acontece alguma surpresa; em outras, quer dizer, em noventa e nove por cento das vezes, eu só passo o dia seguinte como um zumbi – cambaleando e com uma cara assustadora.

2h22min
Estou enrolando de novo.

2h35min
É difícil dizer, assim, em voz alta, mesmo que você não esteja ouvindo a minha voz.

2h48min
Estou enrolando mais uma vez.

3h19min
Então, vamos lá. Se esta página chegou até você, é porque eu consegui vencer a mim mesmo, alguns fantasmas, receios, angústias e milhões de inseguranças para dizer o que sentia que precisava dividir contigo. E, já que tudo na vida precisa de um começo, vou dar o primeiro passo deste livro – com o pé direito – contando tudo sobre a minha história.

Antes de tudo, quero só te falar que acredito que os maiores aprendizados das nossas vidas vêm de duas fontes. A primeira, por meio de experiências. A gente precisa viver para entender, aceitar, conviver, internalizar. A segunda se dá por meio de exemplos. Quando a gente olha para alguém que tem alguns recortes de realidade parecidos com os nossos e, de uma forma mágica, vive a vida do outro para aprender as lições que ele aprendeu, ou decifrar lições novas que ele foi incapaz de perceber.

Este livro só quer te mostrar que você não está sozinho. Que eu, Matheus, também sinto o mesmo peito acelerado que você, por mais que eu não tenha beijado as mesmas bocas, por mais que eu não tenha levado as mesmas injeções, por mais que eu não tenha tirado as mesmas notas vermelhas que você. De uma forma mágica, a gente se parece e, sinceramente, eu não quero descobrir qual magia é essa. Eu gosto da ideia de que você está aí, do outro lado da página, em qualquer lugar do mundo, e está me dando as mãos. Gosto de sentir que, seja lá onde nós dois estejamos, estamos conectados. E isso basta. É que, de uma forma absurda, a solidão, às vezes, aperta. Para mim e sei que para você também, mas só enquanto tivermos um ao outro ela não existirá.

3h33min
Estou dando mais voltas...

3h35min
(Respira fundo.)
SOU GAY!

3h36min
Pensei em apagar a frase acima.

3h41min
Eu não sei o que você estava esperando ler aqui, mas, seja lá o que for, preciso começar este livro, que fala sobre inseguranças, quebrando a maior jaula em que já me colocaram: o medo

de falar sobre isso. Precisava arrebentar essa corrente. Precisava ser honesto com você e comigo mesmo. Então, é isso. SOU GAY! E pensei até em pedir perdão por gritar, mas eu cansei de pedir perdão por algo que não considero um defeito. E se lembra do que disse algumas linhas anteriores sobre continuarmos de mãos dadas? Vale para agora. Principalmente para agora. Meu peito está acelerado. Minha mão está suando. Minha respiração está ofegante, mas vou continuar.

Dito isso, vou te contar sobre uma porção de outras coisas nas páginas a seguir e, calma, você não precisa ser gay para se identificar. Para continuar lendo, você só precisa ser alguém que passou por uma série de dificuldades, derramou algumas lágrimas, se sentiu incompreendido por, pelo menos, uma vez, já ficou sem conseguir explicar de forma lógica o que estava sentindo ou, em resumo, lida com a ansiedade, assim como eu. A minha orientação sexual não tem que ser uma questão para você. Ela, com certeza, não mudará a sua vida, mas ela mudou a minha e eu preciso te contar sobre o que se passou comigo, para que você reflita sobre o que se passa com você. Ou não, também. Você é livre para fechar esta página e esquecer este livro em algum lugar.

Obrigado por ter continuado.

Eu sempre fui uma criança normal, comum, dessas que passam despercebidas. Quer dizer, esse era o meu maior sonho. Ser alguém extremamente comum. Alguém que se camufla no meio da multidão. Alguém que parece uma sombra. Ninguém se importa com as sombras. Ninguém se importa se ela está sendo pisoteada por alguém que está andando ao lado. Ninguém se importa se ela sumir. Ninguém se importa e ponto final.

Mas eu sempre fui visto.

Mas eu sempre fui lembrado.

Mas as pessoas sempre fizeram questão de falar comigo.

Mas eu sempre fui especialmente notado no meio de tantas outras dezenas de pessoas.

Mas eu sempre sofri bullying.

Mas as pessoas que me viam, eu não queria que me vissem.

Mas as pessoas que se lembravam de mim, eu não queria que se lembrassem.

Mas as pessoas que sempre faziam questão de falar comigo, sempre me zoavam, xingavam, ameaçavam, colocavam apelidos.

Mas as pessoas que me notavam no meio de tantas outras dezenas de pessoas não tinham sequer um elogio na ponta da língua. Essas línguas, por sinal, tinham pontas tão cortantes, que, tal qual faca, me partiam um pouquinho por dentro a cada dia.

Eu sempre quis ser uma criança normal, comum, dessas que passam despercebidas, mas sempre tinha alguém na minha sala de aula, ou na sala de aula ao lado, ou no corredor da escola, ou na rua vizinha a minha, para me dizer algo. Todos os dias. Todos os dias. Todos os dias. Todos os dias. Todo os dias. Todos os dias. Se nem você aguenta mais que eu repita – todos os dias –, imagina eu, ouvindo as mesmas piadas insalubres?! Mas eu resisti. E, agora, estou escrevendo estas páginas, deitado na minha cama, depois de ter jogado fora todos os textos que escrevi para este livro, porque senti que não eram sinceros o suficiente.

Inclusive, quero pedir perdão a você, que já leu algum dos meus outros livros. Eles não eram melhores ou piores que este, não é isso, mas eu nunca fui tão honesto quanto estou sendo agora. Eu nunca fui tão transparente. Eu nunca deixei tantas feridas à mostra, nunca mostrei tantas cicatrizes, nunca me coloquei tanto a julgamento. É que, depois de muito conversar comigo mesmo, entendi que a forma mais correta de lidar com as inseguranças é enfrentar cada uma delas.

Não é fácil.

Não é rápido.

Não é menos dolorido.

Mas é necessário.

E não é necessário para a pessoa que você namora, para a sua família, para os seus amigos. É necessário para você mesmo. Eu, que sempre falei de amor, entendi, agora, que é preciso viver um amor antes de todos os outros: o próprio. Então, vamos falar sobre inseguranças, mas com o objetivo de que nos aproximemos mais de quem somos. Mais de quem gostaríamos de ser. Mais de quem olhamos meio com vergonha quando nos vemos no espelho.

Eu estou apenas começando tudo que tenho para te dizer, e vou fazer isso em três partes. É que aprendi essas três frases na terapia e acho que elas me ajudam a explicar muita coisa, inclusive tudo que pretendo aqui. As partes são: "Como eu me vejo", "Como o mundo me vê" e "Como eu realmente sou".

Quero te lembrar que eu não sou psicólogo. Eu não tenho formação para que estas palavras funcionem como qualquer tipo de tratamento. Para ser sincero, eu nunca quis nada disso. A minha vontade sempre foi mostrar o diário de um ansioso. O que ele sente, além do que a ciência explica. Aqui, nestas páginas, existem desabafos, pensamentos em voz alta, dúvidas e questionamentos. Não existem certezas. Ou, pelo menos, não acho que elas sejam sólidas o suficiente para que nunca mudem. Eu sou só um ansioso falando de ansiedade e nada mais do que isso.

Partindo disso, te peço, sempre e mais uma vez, a cada livro, que você pegue uma caneta, lápis, marcador, qualquer coisa que possa te ajudar a escrever. Estas palavras não podem ser só minhas. Este livro não é só meu. Ele é nosso. Ele é o nosso diário. Ele não tem nenhum pedaço de julgamento. Nem caberia. Ele é o nosso mundo paralelo, onde eu e você coexistimos. Onde compartilharemos segredos que ficarão só aqui, silenciados por estas páginas.

No mais, te convido a viajar comigo pelas nossas vidas. Ou melhor, é a minha, mas pode ser a sua, se você me der a honra da sua companhia. Enfim, eu sempre acabo falando demais. É que eu gosto dessa sensação de sermos amigos-confidentes. De estarmos os dois mostrando um pouco do que somos, como BFFs.

Ou estou só tentando te convencer a não me condenar, porque eu já faço isso sozinho.

O livro é seu.

Já foi meu um dia.

Agora, eu coloco meu coração nas suas mãos.

Cuida bem dele.

(Falei tanto que me esqueci de contar as horas, então siga como se estivéssemos escrevendo à medida que você lê. No seu tempo de agora. Na hora que for aí para você. Estaremos vivendo estas páginas juntos. Nós as escreveremos a quatro mãos.)

LISTA 1

O QUE EU FAÇO COM AS MINHAS INSEGURANÇAS?

Algumas atitudes, às vezes, pequenininhas, têm efeitos muito positivos no meu processo de lidar melhor com as minhas inseguranças. Listei algumas delas porque acho que referências são muito importantes na nossa caminhada:

1 ▸ CONVERSAR COM A MINHA TERAPEUTA SOBRE AS MINHAS INSEGURANÇAS.
2 ▸ CONVERSAR COM MEUS AMIGOS *(OS VERDADEIROS)* SOBRE AS MINHAS INSEGURANÇAS.
3 ▸ PRATICAR ATIVIDADE FÍSICA *(TENHO GOSTADO MAIS DE FAZER ACADEMIA)*.
4 ▸ DAR *UNFOLLOW* EM PESSOAS QUE IMPÕEM OU REFORÇAM PADRÕES DE BELEZA.
5 ▸ SEGUIR NAS REDES SOCIAIS PESSOAS QUE FALEM SOBRE SAÚDE MENTAL, AUTOAMOR E AUTOCUIDADO.
6 ▸ ME POLICIAR PARA NÃO FAZER DAS CRÍTICAS NEGATIVAS A MIM UMA ROTINA.
7 ▸ ME AUTOELOGIAR TODAS AS MANHÃS, DE FRENTE PARA O ESPELHO, QUANDO VOU ESCOVAR OS DENTES.
8 ▸ SEPARAR UM DIA OU ALGUMAS HORAS DA SEMANA PARA TER UM ENCONTRO COMIGO MESMO: SEJA ME LEVANDO AO CINEMA, PARA JANTAR OU SÓ PASSANDO UM TEMPO ME PERMITINDO FAZER ALGO EXTREMAMENTE PRAZEROSO E SÓ COM A MINHA COMPANHIA.
9 ▸ MEDITAR.
10 ▸ EVITAR COMPARAÇÕES COM OUTRAS PESSOAS, SEJAM LÁ QUEM ELAS FOREM.
11 ▸ FAZER AULAS DE TEATRO PARA LIDAR COM AS SITUAÇÕES DE IMPROVISO.
12 ▸ FAZER AULAS DE DANÇA PARA CONHECER MAIS O MEU CORPO.

PARTE 1

Como eu me vejo

VOCÊ JÁ SE OLHOU NO ESPELHO E SE VIU? NÃO O SEU ROSTO, O SEU CORPO, MAS O SEU CORAÇÃO, A SUA ALMA? TODOS NÓS PRECISAMOS DESSES ENCONTROS. DESSES MOMENTOS DE REFLEXÃO. DE OLHARMOS PARA DENTRO DO PEITO E COLOCARMOS TUDO EM ORDEM, AINDA QUE PAREÇA DIFÍCIL, IMPOSSÍVEL, INALCANÇÁVEL. TUDO FAZ PARTE DE UM PROCESSO, DE UM PROPÓSITO MUITO, MUITO MAIOR. TALVEZ NUNCA O ENTENDAMOS, DE FATO... MAS É IMPORTANTE SE ESFORÇAR PARA SE CONHECER UM POUCO MAIS. IR MAIS FUNDO DENTRO DO PRÓPRIO SER. DO PRÓPRIO ESPÍRITO. SE RECONHECER. OU, NA MAIORIA DAS VEZES, SE CONHECER PELA PRIMEIRA VEZ. EXISTE UM MUNDO INTEIRO DENTRO DE VOCÊ. EXISTEM GALÁXIAS INTEIRAS DENTRO DOS SEUS OLHOS. FUJA DO QUE FOR SUPERFICIAL. DO QUE NÃO TE COUBER POR INTEIRO. DO QUE FOR URGENTE DEMAIS E TE AFASTE DE TI. A VIDA É UM FLASH, MAS, ATÉ ELA SE APAGAR, EXISTEM LIÇÕES QUE PRECISAMOS APRENDER. FUGIR DELAS NÃO NOS TORNA PESSOAS MELHORES. FUGIR DELAS SÓ RETARDA O CICLO DAS COISAS. QUE SEJAMOS A VIAGEM, E NÃO O DESTINO. QUE AS NOSSAS PORTAS SAIAM DO AUTOMÁTICO. QUE NÃO PRECISEMOS DE MÁSCARAS PARA RESPIRAR OU EXISTIR. E, PRINCIPALMENTE, QUE AS NOSSAS POLTRONAS, ASSIM COMO A NOSSA CONSCIÊNCIA, FLUTUEM. BOA VIAGEM!

NÃO VALE A PENA

Foi difícil começar a escrever este livro. Tentei diversas vezes. Apaguei muitos textos. Reescrevi muitos outros. Desgostei de quase tudo até parar para me ouvir. Até sentar comigo mesmo para uma franca conversa sobre o motivo pelo qual eu estava me sabotando outra vez. Foi então que percebi que eu tinha medo. Era isso. Eu tinha *(ou melhor, ainda tenho)* verdadeiro pavor de não conseguir me superar. De não agradar. De ser rejeitado. De ser excluído.

O meu primeiro livro sobre ansiedade é o *Pressa de ser feliz*. Foi a primeira vez que eu resolvi abrir mais o meu coração além de escrever textos mais superficiais sobre assuntos profundos. Pela primeira vez, naquelas páginas, eu dividi intimidades, falei sobre coisas que, até então, poucas pessoas, em quem eu realmente confio, sabiam. E eu congelei quando o livro foi para as livrarias. Eu não sabia o que as pessoas achariam de ver a história de outra pessoa ali, exposta. E eu nunca recebi sequer uma crítica.

E não digo isso por ego inflado.

É por medo.

Críticas construtivas ajudam a gente a melhorar. A crescer. Claro que elas precisam ser bem embasadas. Não precisa vir em forma de ofensa. Mas... nem isso. Ninguém nunca me encontrou e disse algo negativo a respeito daquelas páginas. Pelo contrário. Recebo, todo dia, pelo menos, uma mensagem de alguém me agradecendo por falar sobre o cotidiano de um ansioso. Sobre a versão pessoal da ansiedade. Diferentemente dos livros escritos por psiquiatras, que trazem uma versão mais "profissional" do assunto, mas não contêm, quase nunca, o depoimento de alguém que não dormiu direito sequer um dia dessa semana que ainda nem acabou.

E, tentando escrever sobre as minhas inseguranças, percebi que tinha esse medo de não agradar preso dentro de mim.

Essa necessidade de aprovação. Essa sensação constante de dar orgulho às pessoas que me cercam, como se isso fosse validar quem eu sou. Como se isso fosse atestar que sou, de fato, uma pessoa boa, melhor, que – olha como ele é legal!

Sinto isso há muito, muito tempo. Diria até que há anos.

E sei que não estou sozinho.

Quase todo mundo, em algum ponto, fica preso a vontades que não são suas. Fica algemado a medos que não são seus. Fica angustiado por não conseguir atingir metas que foram impostas por outros e sequer passeiam por perto dos objetivos que eles realmente tinham.

Mas até quando a gente vai deixar de ser quem a gente quer ser por medo de sermos diminuídos por sermos aquilo que gostaríamos de nos tornar?

Mas até quando a gente vai deixar a nossa vida para depois, num depois que pode nunca chegar, porque a gente está preso a essa necessidade de trazer orgulho para os outros?

Somos o nosso maior obstáculo na corrida para chegar à felicidade.

Nos sabotamos.

Nos atrasamos.

Nos diminuímos.

E, em contrapartida, nos esforçamos como verdadeiros super-heróis para sermos o que os outros querem que sejamos. Para sermos os filhos que os nossos pais sonharam, para sermos os amigos que os nossos amigos querem por perto, para sermos os namorados de que os nossos amores precisam. Mas... quando é que vamos parar para pesar o quanto de amor ainda nos resta para ser gasto com nós mesmos, depois que gastamos quase todo ele fazendo mágicas, malabarismos e contorcionismos para fazer rir a todos que nos cercam?

Todas essas perguntas eu também me fiz.

Não pense que estou, aqui, só jogando algumas coisas na sua cara.

Mas a gente precisa parar.

E não é parar de se esforçar para trazer alegria a quem a gente ama.

Não.

Longe disso.

É "só" aprender sobre os nossos limites.

É "só" aprender sobre as nossas reais vontades.

É "só" aprender sobre qual é o nosso rosto de verdade depois de usarmos tantas máscaras para enfeitarmos as nossas essências que precisam ser agradáveis aos gostos dos fregueses.

Olha, sendo sincero, eu estou um tanto quanto exausto.

E esse cansaço vem de todo esforço que faço, diariamente, para agradar.

No fim de cada noite, não sei mais quantas pessoas me amam por eu ser eu mesmo ou quantas apenas estão encantadas pelo "personagem" que eu enceno para que elas se sintam atraídas, entretidas. E, por favor, não me julgue. Todos nós somos, em algum aspecto, um tanto quanto personagens. Vestimos máscaras sociais para que elas facilitem as relações familiares, amorosas ou até mesmo profissionais.

Mas não vale a pena.

Te juro.

Não vale a pena.

Agora, eu, depois de tantos quilos de maquiagem emocional no rosto para disfarçar algumas marcas de expressão de noites sem dormir por medo de não ser querido, por não saber o que aconteceria naquela viagem com os meus amigos, na apresentação do trabalho da faculdade, na reunião do meu trabalho, na hora de apresentar os textos destas páginas para a editora, na hora de encarar os olhos de quem está lendo isto e foi me encontrar para me dar um abraço em um evento do livro, te juro, com todo respeito, que não vale a pena.

É melhor ser quem se é, mesmo que isso só agrade a dois ou três.

É melhor ser quem se é, mesmo que isso só agrade a você mesmo.

No fim das contas, a gente só tem esta vida. E não é que eu queira desrespeitar as religiões que pensam diferente, não. Não é isso, calma. A gente só tem essa vida com esse corpo, com essa voz, com essa personalidade, com essa consciência. A gente, mesmo que existam outros planos, outros mundos e outros universos, até onde vai a minha limitada concepção de mundo, só é quem é hoje, agora. Então, diante dessa informação óbvia, eu quero te pedir o mesmo que me pedi olhando no espelho – não se perca de você para encontrar ninguém.

Não se empurre com a barriga.

Não se deixe para depois.

Existe uma beleza que não é física em quem é de verdade. Não é o corte de cabelo. Não é a marca da roupa que está vestindo. Não é o cheiro do perfume, apesar de exalar.

É algo que transcende.

É algo que está além do palpável.

Quando você vê alguém que é honesto consigo, com seus sentimentos, que é transparente, você reconhece essa pessoa mesmo de longe.

Porque algo nela diz muito, mesmo sem falar nada.

É a segurança de saber que está tudo bem não ser querido por todo mundo, desde que se deite, à noite, a cabeça no travesseiro, e se tenha a certeza absoluta de que não deu passos para longe de si a fim de chegar perto de ninguém.

E eu sei que nem sempre é fácil. Pelo contrário, quase nunca é.

A gente quer dar orgulho aos nossos pais.

A gente quer dar orgulho aos nossos amigos.

A gente quer dar orgulho ao nosso namorado.

A gente quer dar orgulho aos nossos colegas de trabalho.

A gente quer dar orgulho a todo mundo.

Mas a gente precisa, antes de tudo isso, se orgulhar de quem a gente é. Do que a gente faz da nossa vida e de como faz isso.

E assim nasceu o primeiro texto do meu livro.
Este aqui.
Um texto tímido.
Um texto que queria só dizer que eu tinha medo de começar por você, possivelmente, não gostar do que leria, mas que agora está impresso neste livro que você está lendo.

E perdão se não é aquilo que você esperava.
Ou melhor, não precisa me perdoar por nada.

Esta é outra mania minha – eu peço perdão até por existir, por sentir que estou sempre incomodando. Mas isso é papo para lá mais na frente.

Por ora, estou seguindo o meu coração. Estou indo, fazendo e escrevendo o que sinto que é necessário.

Eu espero que você encontre a força necessária para fazer aquilo que acreditar que te fará feliz.

E que você se orgulhe muito de você.

Porque se você fizer isso, mesmo que a gente nunca se abrace, eu já tenho um orgulho enorme de você.

A GENTE TEM QUE SE DAR <u>AMOR</u> COM A MESMA <u>VORACIDADE</u> QUE SE DESDOBRA PARA <u>AGRADAR A QUEM A GENTE QUER UM BEM ENORME</u>

PANELA SEM TAMPA

Talvez fosse mais fácil me convencer de que é mais seguro, para mim, ficar sozinho. De que dormir numa cama de casal acompanhado de travesseiros é mais agradável do que ter ao meu lado alguém que pode roncar. De que ir ao cinema sozinho é ótimo, mesmo não conseguindo comer a pipoca até o final. De que viajar sozinho me ajuda a conhecer outras pessoas. Ou de que os meus amigos são sempre as melhores companhias, exceto quando eles precisam ficar com os namorados.

Talvez fosse mais fácil aceitar que ninguém quer compromisso e que, a uma altura dessas do campeonato, todas as pessoas legais já estão namorando outras pessoas legais. Talvez fosse mais fácil entender que, por mais que toda panela tenha sua tampa, eu posso ser uma frigideira, uma assadeira, ou aquela panela de que não me lembro o nome, mas que serve para fazer café – e por mais que a gente também a chame de panela, ela não tem uma tampa.

Talvez fosse mais fácil entender que eu já vivi histórias de amor e que o grande amor da minha vida se perdeu em uma delas para nunca mais voltar. Talvez fosse mais honesto aceitar que eu nunca mais vou viver algo tão bonito, intenso, algo com tanto brilho como o meu último grande amor. Talvez fosse mais fácil engolir a desculpa esfarrapada de que só se ama uma vez na vida.

Talvez fosse mais fácil... mas não é.

No fundo, que não precisa nem ser tão fundo assim, eu sei que tudo isso é mentira. Nem com muito esforço eu consigo acreditar em nada do que disse anteriormente. Talvez em uma ou outra crise, talvez em uma ou outra topada, talvez por cinco minutos, mas não por um dia inteiro. A verdade é que todas essas frases são as desculpas que eu já ensaiei, decorei e repito para mim sempre que desço escorado na porta do quarto chorando quando recebo mais um adeus. Ou quando eu compro sorvete para comer enquanto as lágrimas escorrem, porque, pelo menos, isso soa mais cinematográfico e meu drama pede câmeras, Oscar e uma exibição na sessão da tarde. Mesmo que a tal sessão seja só uma chamada de vídeo com qualquer amigo.

Talvez fosse mais fácil me convencer de que por mais seguro que seja ficar sozinho, essa segurança é entediante, porque eu gosto das emoções que o amor causa. E que dormir numa cama de casal acompanhado de travesseiros é realmente agradável, mas dormir de conchinha é muito melhor, mesmo que cada um vire para um lado da cama depois que pegar no sono. Sem falar que ir ao cinema sozinho é necessário para ganhar intimidade consigo mesmo, independência e uma série de outros itens que a gente precisa ter para receber o diploma de amor-próprio, mas eu nunca compro a pipoca e eu realmente queria alguém para abraçar nas cenas de suspense, pois odeio qualquer coisa que me cause susto. Sem falar que viajar sozinho me ajuda a conhecer outras pessoas, de fato, mas eu também posso conhecer novas pessoas acompanhado da pessoa de que gosto. E os meus amigos também precisam dar atenção aos seus namorados, por mais que eu seja mais legal que todos eles *(ciúmes?)*, ou podemos sair em casais, sem que eu precise ser a vela da vez – outra vez.

Talvez fosse mais fácil aceitar que quase ninguém quer compromisso, mas muita gente ainda quer. E que nem todas as pessoas legais já estão namorando outras pessoas legais, pois eu ainda estou solteiro, disponível, aceitando currículos e uma sogra. ~~Talvez fosse mais fácil entender que, por mais que toda panela tenha sua tampa, eu posso ser uma frigideira, uma assadeira, ou aquela panela de que não me lembro o nome, mas que serve para fazer café – e por mais que a gente também a chame de panela, ela não tem uma tampa.~~ *(Ok, nessa parte a gente pode só aceitar que não é panela e que pode, sim, encontrar alguém especial, tá? Exagerei aqui.)* ~~Talvez fosse mais fácil entender que eu já vivi histórias de amor e que o grande amor da minha vida se perdeu em uma delas para nunca mais voltar.~~ *(Na realida-*

de, eu espero que, se estiver entre as histórias do meu passado, que não volte mesmo.) ~~Talvez fosse mais honesto aceitar que eu nunca mais vou viver algo tão bonito, intenso, algo com tanto brilho como o meu último grande amor. Talvez fosse mais fácil engolir a desculpa esfarrapada de que só se ama uma vez na vida.~~ *(O problema de ser intenso é que você realmente acredita nas coisas que diz, mas lembra dos cinco minutos que disse antes? Então. Nem eu consigo acreditar nisso mais.)*

Vou só fingir que não disse nada disso e continuar o livro.

Somos pessoas especiais. Cada um à sua maneira. E eu nem quero falar de dons ou talentos, isso é específico e até excludente em alguns casos. Eu só quero dizer que eu, você e o rapaz que está, neste momento, passando na janela da minha casa com o carro do ovo somos únicos. Somos pessoas incrivelmente únicas. E que não podemos nos render às tentações das inseguranças. Não podemos, simplesmente, acreditar que somos pouco, somos menos, somos inferiores.

Já deixei de beijar pessoas maravilhosas porque eu estava inseguro a ponto de não sair de casa, por travar e não usar uma das minhas cantadas toscas, mas que fazem rir, por não ter tido autoestima o suficiente para me julgar à altura de alguém. Imagina... Que tosco isso! "Estar à altura de alguém." Como assim? Como eu posso menosprezar um ser que já sobreviveu a tantas topadas, que lutou e ainda luta para estudar e aprender uma porrada de coisas, que tem uma playlist que vai de funk a música clássica, que vê as melhores séries, mesmo que algumas não tenham novos episódios tipo *Friends* (*saudades*), ou que já leu quase todos os livros da Clarice Lispector e decorou cem por cento das letras da Clarice Falcão? Como eu posso minimizar alguém que consegue conversar de política, mas conhece também todas as Kardashians?

Todo mundo tem valor e todo mundo vale muito. Isso inclui eu e você também. Não adianta olhar com amor e bons olhos as pessoas que a gente ama, mas só apontar defeitos, críticas negativas e apelidos pejorativos para a pessoa do espelho. A gente tem que se dar amor com a mesma voracidade que se desdobra para agradar a quem a gente quer um bem enorme, pois, no fim das contas, a única pessoa que vai nos acompanhar por toda a vida, nos estender as mãos para que nos levantemos depois de cada queda ou usar as mesmas mãos para nos aplaudir a cada vitória somos nós mesmos.

Não se sabote. Você merece tanto amor quanto oferece ao mundo. E eu sei que, pela lei da natureza, tudo que vai, volta. Menos alguns ex, graças a Deus.

SE VOCÊ ADIA O PLANTIO, ADIA A ~~COLHEITA.~~ NÃO EXISTE FRUTO QUE NASÇA ANTES DE A ÁRVORE BROTAR.

ACORDEI PARA A VIDA

Me empurro com a barriga. Sim, sou o meu maior adversário no ringue dos dias. Soco o meu próprio estômago, deixo os meus olhos roxos, tenho dores por todas as partes do corpo causadas pelas pancadas que eu mesmo me dou. E não, não é que eu faça todas essas coisas literalmente. Não. Por favor, não imagine isso. Foque na intensidade subjetiva das palavras. Algumas atitudes que nós não tomamos causam dores terríveis. Adiamos tudo por medo de, simplesmente, sermos felizes. Pasme. Isso acontece.

Sei tudo que quero. Sei exatamente ao lugar em que quero chegar. Sei, com detalhes, o que quero fazer da vida, da hora que acordar ao minuto que pegar no sono com um sorriso de canto de boca *(apesar do cansaço)*, mas não faço nada disso. Adio os meus planos. Estico os prazos. Invento desculpas esfarrapadas, pois é mais fácil assumir que não dará certo do que lidar com as possíveis derrotas. Temos a mania besta de nos menosprezarmos achando que, se nos satisfizermos com o pouco que vem de graça, não precisaremos nos desgastar com as quedas. Mas acabamos caindo do mesmo jeito.

Se eu fosse capaz de quantificar a energia gasta me sabotando e o esforço aplicado para conquistar os meus objetivos, tenho certeza de que seriam muito parecidos. É que o corpo padece das duas formas. A diferença é o resultado final. A autossabotagem tem um preço alto no desgaste emocional. As vitórias liberam uma substância incrível no corpo que, apesar do que insiste em pesar, nos faz vibrar. Chamam isso de alegria. Sensação de dever cumprido. Satisfação.

Hoje, acordei com uma indigestão terrível de pensamentos e resolvi vomitar ações. Listei todas as minhas pendências e estou me obrigando a cumprir cada uma delas. Coisas bobas, tarefas tão pequenas que se somadas me levarão a um lugar muito mais confortável do que o que estou agora. A gente precisa se esforçar mais. Me sinto uma criança que supõe se afogar numa piscina rasa, mas que deixaria de engolir água se parasse de se debater desesperadamente e colocasse os pés no chão. Acho que acordei para a vida. Chega de adiar em mais dez minutos o despertador do meu destino. Agora, só paro quando conquistar tudo que quero.

NÃO É CRIME SER ANSIOSO

MAS É UM ATO CRIMINOSO ENTREGAR O PRÓPRIO CORAÇÃO NAS MÃOS DE ALGUÉM QUE NÃO SABE, NÃO QUER OU NEM SEQUER SE ESFORÇA PARA SABER COMO CUIDAR DELE.

SER ANSIOSO NÃO É CRIME

Mais uma vez estou aqui, deitado na cama, com o coração acelerado por alguém, depois de jurar para mim mesmo que não faria isso. Desta vez, nem me refiro ao fato de estar apaixonado. Contra isso, já não tento mais lutar. Confesso que, durante um bom tempo, fugi das relações, dos relacionamentos. Não queria sofrer, por isso, não queria me envolver. Depois, me convenci de que deixando de me envolver, eu deixaria também de viver. E a gente sempre corre o risco de viver coisas incríveis, mas só se tentar.

O fato é que estou tentando. Pela milésima vez. E, na milésima primeira, percebi que, dia após dia, vale cada vez menos a pena me envolver com pessoas que não têm uma certa responsabilidade emocional. Afetiva. Alguém que, simplesmente, não se importa o suficiente com o meu peito acelerado e age como se menosprezasse o fato de ele quase que me sufocar, às vezes.

Enquanto essa angústia dos batimentos cardíacos me agonia, começo a refletir sobre o que já escrevi um dia – relacionamento é para trazer paz, e se você tem mais tempestade que calmaria, significa que esse mar não está para peixe e você pode se afogar em lágrimas. O problema é que eu já decorei até os textos que escrevi, mas não consigo colocar em prática. Não consigo abrir a porta e ir embora. Nem colocar esse alguém para fora. Eu fico ali. Naquela ressaca constante entre um dia feliz e um meio bosta.

Tem gente que não sabe lidar com a gente. Essa é a verdade. E, no fim das contas, eu nem julgo. Acho que ninguém tem a obrigação de saber qual o melhor jeito de me deixar mais calmo, mas também acho que quando existe vontade, quando existe sentimento, quando a gente quer, para valer, ficar com alguém, a gente faz alguns esforços. A gente abre algumas exceções. A gente se adapta, minimamente, preservando a nossa essência, mas também fazendo bem ao outro. Não é assim que acontece? Realmente não sei. Mas é assim que ajo. É assim que me comporto.

Talvez o meu erro seja me importar demais. Talvez o meu erro seja ser bom demais. Quer dizer, QUE SE DANE! Eu estou cansado de me culpar pelos erros alheios. Me culpar pelas ações alheias. Me culpar por oferecer tanto e receber tão pouco. Acho que o meu único erro é insistir demais. É dar sempre uma segunda, terceira, ok, décima chance. Eu vou me desgastando, me doando, me doendo, e o outro vai percebendo que o meu limite é elástico, que eu sempre cedo, e não tarda para relaxar. Para deixar de se importar. Para ir embora como se eu não tivesse quase que implorado para ficar. Mas quem quer ficar não precisa de pedido. Muito menos de súplica.

Acho que todos nós temos necessidades, sabe? Alguns precisam de atenção, outros de mensagens de bom-dia, outros de demonstrações públicas de afeto, outros de provas constantes de amor, outros precisam de anéis de compromisso, alguns preferem relações abertas. Mas absolutamente todos têm necessidades dentro de um relacionamento. É natural. É normal. Mas a gente tem que saber reconhecer quais são as nossas e também entender quando o outro não é capaz de atendê-las. E que, às vezes, esse outro não é melhor ou pior por isso. Ele só não tem a nossa medida. E se você calça quarenta e três, como eu, não adianta comprar um sapato quarenta e dois, porque é quase lá. Eu já fiz isso e machuquei o pé. Inclusive, acho que estou fazendo novamente.

Deitei na cama com o peito a mil e lembrei que algumas coisas só saem de mim por escrito. Comecei a vomitar palavras e agora estou percebendo, junto de você, que me lê, que, ok, é a milésima primeira história em que eu sou intenso e com a mesma intensidade dou com a cara no muro da realidade. Só que me lembrei de mais um conselho de Andreyse, uma das minhas amigas. Ela, do alto da sua sabedoria, me disse assim: "Meu amor, quando é a pessoa certa, você sente. Você sabe. Não adianta se machucar só porque você queria muito que fosse esse alguém e, como os fatos mostram, não é. Tenha paciência com o seu coração". Acho que ela tem razão.

Sei que não é fácil conviver com a ansiedade. E sei disso porque ela mora em mim, mas eu não escolhi. Não foi uma escolha. Ninguém me ligou e ofereceu a ansiedade como fazem com o cartão de crédito que não cobra anuidade. Ela me foi imposta. Eu só pude aceitar. E, sendo muito sincero, já me condenei demais por isso. Já relutei demais até começar a fazer as pazes com esse peito acelerado e, diante de todas as crises que já superei, entendo que não preciso de mais ninguém que me cause novas.

Se você não pode me oferecer a paz, eu agradeço, mas dispenso as batalhas que você me traz. E, peço até desculpas, eu sou do tipo que compra briga para ficar com alguém, mas esta, especificamente, eu já perdi. Eu não vou duelar comigo mesmo para encaixar alguém na minha vida. Ainda mais alguém que, em vez de empunhar a espada comigo, prefere ficar confortavelmente em qualquer outro lugar do mundo, me servindo gatilhos numa bandeja e me vendo morrer com fome de afeto.

É mais saudável, em certas ocasiões, tirar o time de campo. E eu farei isso. Vou embora. Vou, agora, caminhar sozinho, até a minha milésima segunda relação. Não tenho mais medo da solidão. E, no fim das contas, é até melhor não ter ninguém a ter alguém que desperte a minha ansiedade. Desculpa, meu bem. Tentei conversar. Tentei me convencer de que era melhor ficar, mas já está ficando tarde demais, para nós dois. As estações de metrô fecham à meia-noite. Meu trem já vai partir e hoje você não precisa me deixar em casa, todo esse caminho eu já sei de cor, como diz a Marília Mendonça, mas foi bom dividir algumas risadas com você. Eu gostava tanto do nosso beijo, que te deixo um de despedida.

Espero que você se lembre de mim como aquele cara que tentou ficar por mais cinco minutos, que abria a porta do elevador só para te dar mais um beijo de despedida, que te enrolava falando de qualquer coisa aleatória só para você se esquecer de que precisava ir embora. Agora, quem vai sou eu. E você nem deve ler isso daqui, mas alguém vai. E esse alguém vai entender, possivelmente chorando, como eu estou agora, que não é crime ser ansioso. Mas é um ato criminoso entregar o próprio coração nas mãos de alguém que não sabe, não quer ou nem sequer se esforça para saber como cuidar dele.

COM O TEMPO, A GENTE GANHA
TANTA INTIMIDADE CONSIGO MESMO,
QUE JÁ RECONHECE FACILMENTE QUAL
FIO DESARMA E QUAL FIO FAZ EXPLODIR
A BOMBA QUE ESTÁ EM NOSSO CORAÇÃO.

NADANDO CONTRA A CORRENTEZA

Eu só queria dizer que, às vezes, é foda. Às vezes é muito foda. Às vezes, o corpo inteiro dói. Às vezes, o ar parece faltar. Às vezes, as mãos perdem a firmeza. Às vezes, as lágrimas são tantas que quase sufocam. Às vezes, o coração não desacelera. Às vezes, a boca tem um gosto péssimo. Às vezes, você se olha no espelho e odeia tudo que vê. Às vezes, você abre a boca e desgosta de tudo que diz.

Manter a minha estabilidade emocional é um dos maiores desafios que tenho na vida. Às vezes, coisas minúsculas ou até coisas inexistentes me derrubam. Me fazem repensar a minha existência inteira. E é absolutamente irritante não conseguir dominar os próprios sentimentos. Ser refém do próprio coração. Não conseguir explicar o que estou sentindo nem para mim mesmo. É que seria mais fácil se, pelo menos, existisse uma linha lógica de raciocínio para entender o que está se passando por dentro de mim. Mas até pensar, em certas ocasiões, é impossível. É como se eu estivesse em um quarto lotado de pessoas, tentando dormir, mas todas estivessem falando ao mesmo tempo. Não tão alto a ponto de o barulho se tornar coeso. Eu consigo ouvir todas as vozes, nitidamente, mas nada do que elas dizem faz sentido.

E eu nunca me acostumo com as crises. Acho que não sou capaz de me acostumar com nada que me faz mal. Eu não consigo andar com uma pedra dentro do sapato. Por mais que, a uma certa altura, aquela dor se torne suportável, eu me recuso a continuar dando passos sem tirar o sapato e jogar a pedra o mais longe que conseguir. E é por isso que as crises me angustiam tanto. Elas são pedras pesadas demais para que eu as tire dos meus dias e jogue no inferno. Tire de perto de mim. Tire de dentro de mim. Tire da minha mente. Tire do meu corpo. Tire da minha alma.

Sabe aquele tipo de sonho que a gente tem em que precisamos correr para nos salvar de alguma coisa, mas não conseguimos sair do lugar? Parece que o mundo todo segue o fluxo normal, parece que o ladrão, cachorro ou sei lá o quê que te persegue tem uma velocidade gigantesca, mas você está em câmera lenta. É como uma tartaruga apostando corrida com um maratonista. É com a mesma capacidade de locomoção desse réptil que eu me sinto diante das crises. E, olha, só um ansioso sabe o quão desesperador é precisar esperar as coisas acontecerem, que dirá esperar uma crise passar. Que dirá ter que explicar a alguém que você estava bem, mas algo por dentro se desconfigurou momentaneamente e seu trem descarrilou. Que o seu carro perdeu o freio. Que você está andando de skate numa ladeira emocional e só Deus sabe onde e como você vai parar.

Mas eu preciso conviver com isso. Mesmo sem saber como. Eu preciso lidar com isso. Mesmo sem ninguém conseguir me oferecer um manual prático. Você já teve algum problema com eletrodomésticos e pesquisou na internet como resolver e, magicamente, seguiu os passos ensinados lá e tudo funcionou novamente? Então. A ansiedade não tem esse manual. E, mesmo que tivesse, nossa, ele seria tão genérico que não funcionaria para mim. Eu sou complexo demais. Eu tenho muitos circuitos emocionais. Eu tenho muitos fios desencapados. Eu tenho um coração ligado no 330 V. E olha que a voltagem das nossas casas varia entre 110 V e 220 V. Eu somo tudo e começo a dar choque.

A essa altura, depois de tantas frases pessimistas e amargas, você deve estar se perguntando como eu saio disso, ou: "Que diabos esse menino faz da vida que só reclama?". Mas, diante de tantas crises que já passei, poucas coisas me ajudam tanto. A maioria delas envolve sons. Envolve música. Envolve as sensações que os barulhos trazem. Seja o som das ondas, da natureza, dos pássaros, seja ouvir as minhas músicas favoritas ou qualquer playlist aleatória feita para meditação. Eu enfio os fones de ouvido como se eles fossem remédios, coloco para tocar, fecho os olhos e respiro fundo. Já parei o carro no acostamento da estrada para fazer isso. Já apaguei as luzes do quarto para fazer isso. Já fui para o banheiro do trabalho, do shopping e da casa de alguns amigos para fazer isso.

As crises de ansiedade não marcam compromissos com você. Elas não perguntam se você está livre na terça-feira, às 15 horas. Elas nem batem na porta. Elas te estapeiam a cara. E você não pode sequer dizer que não está disponível. Que não quer papo. Que não quer vê-las naquele dia. Elas se instalam feito visita indesejada, que chega quando você menos queria receber alguém em casa. Por sorte, aprendi com a minha avó uma superstição. Sempre que alguém vinha nos visitar e a gente não queria que aquela pessoa ficasse sentada em nosso sofá por muito tempo, minha avó pedia licença, ia até a cozinha e colocava uma vassoura de cabeça para baixo atrás da porta. Bom, eu não sei dizer se isso realmente funcionava, mas sempre me serviu de inspiração para ter certeza absoluta de que a gente precisa sempre, pelo menos, tentar afugentar o que chega de repente e a gente não quer que fique.

Aos poucos, fui percebendo essa minha ligação com a música. Hoje, tenho listas inteiras de canções que me devolvem a paz perdida nas crises de ansiedade. E eu poderia te aconselhar a ouvir Lana Del Rey, Tiago Iorc, Anavitória, Adele, Mahmundi, Bird, Cícero, Silva, Coldplay, John Mayer, Os Tribalistas, Los Hermanos, sei lá, tantos outros, mas tenho certeza de que você tem gostos próprios e muitos deles diferentes dos meus – mesmo assim, vou te dar uma dica sem que você tenha me pedido. E esse é um conselho que eu deveria vender – faça uma playlist e coloque nela o título de: S.O.S. BADS. Ela vai te ajudar a remar mais forte para sair de perto da correnteza que te puxa, com uma voracidade exaustiva, para a queda livre do fim do poço.

EU JÁ QUIS SER PARECIDO COM TODAS AS PESSOAS QUE ME JULGAVAM, só para não ser mais julgado.

HOJE DOU GRAÇAS A DEUS POR SER DIFERENTE DELAS.

EU NÃO DORMIRIA EM PAZ.

EU NÃO SOU DESTE MUNDO

Eu pensei em parar de escrever. Sim. Mesmo depois de ter jurado para mim, Deus e todo mundo que não faria isso absolutamente nunca. Mesmo depois de ter tatuado a frase "escrever para existir". Mesmo depois de ter tatuado também uma máquina de escrever. Mesmo depois de mais uma tatuagem com a arte do girassol do meu livro anterior a esse, o *Pressa de ser feliz*. Mesmo com a *(última tatuagem que fiz)*, que é uma frase do meu primeiro livro, *No meio do caminho tinha um amor*, que diz: "A vida costuma cuidar das pessoas de bom coração". Mesmo com o contrato deste livro assinado.

Eu pensei em parar de escrever porque, às vezes, é difícil se reconhecer no meio da multidão. É difícil se achar relevante. É difícil se achar importante. É difícil se achar significante. Para si. Para o mundo. Para todo mundo. É difícil. E é desgastante emocionalmente falando, também. É difícil se esforçar. É difícil lutar. É difícil se motivar. É difícil suportar as quedas, os abalos. É difícil se levantar depois de cada um deles. É difícil respirar. É difícil sair da cama. É difícil socializar. É difícil lidar com expectativas, vontades, pressão, desejos, rancor, ranço, repulsa e falta de empatia alheios. É difícil. E eu sou vulnerável.

É que tem muita gente por aí fazendo muita coisa que parece mais relevante, mais importante, que aparentemente tem mais significado. E a sensação de comparação é péssima. É como se quem você fosse ou sentisse não valesse tanto quanto os números. E os números são muitos. Quanto você calça. Quanto você mede. Quanto você veste. Quanto de dinheiro tem na sua conta bancária. Quantos amigos você tem. Quantos seguidores você tem. Quantos likes você tem. Quantos livros você vendeu. Quantos livros você leu. Quantas bocas você beijou. Quantas pessoas com as quais você transou. Quantas festas e shows aos quais você foi. Quantos países você conheceu. Quantos idiomas você fala. Quantas roupas você comprou.

Quantos tênis você tem. Quantas séries você viu. Quantos filmes aos quais você assistiu. Quantos "eu te amo" você disse hoje? Quantos abraços você deu hoje? Quantos sorrisos você sentiu hoje? Quantos "bom dia" você deu hoje? Quantos "liguei para ouvir sua voz" você sussurrou hoje? E são esses últimos os números que mais me interessam.

É véspera de Carnaval. E eu fui a uma prévia. Um bloquinho de rua. E eu preferia não ter ido. E não é que eu não goste de festa – eu amo –, é que, de uma forma absurdamente chata, eu, mais uma vez, me senti um patinho feio. Aquele que não consegue se enturmar. Aquele que não consegue ver graça nas coisas. Aquele que não tem vontade de beijar ninguém, mesmo todo mundo estando aos beijos ao redor. E eu não entendia o porquê daquilo. Quer dizer, entendia, sim. Eu sabia o motivo. Eu tinha certeza absoluta – eu não me encaixava ali. E eu já me senti assim antes. No dia anterior. Na semana anterior. No mês anterior. No ano anterior. Na vida anterior? Quem sabe?!

(Antes de continuar na história do bloco, eu quero dizer mais coisas.)

Eu sempre me senti um extraterrestre. E eu sempre tive medo deles também. Quando eu era criança, um primo meu sempre repetia que os ETs viriam me buscar. E aquilo ficou na minha cabeça. Durante anos eu não dormia sozinho no meu quarto. Nem na minha casa. Durante anos, minha mãe não podia sequer fechar os olhos antes de mim, pois aquilo me gerava a sensação de desproteção e eu me tornava um alvo fácil para os óvnis. Eu achava que eles iam surgir na porta do quarto. Que eles iam me abduzir. E só de falar nisso, o Matheus criança que ainda vive dentro de mim me acelerou o coração e quase que sentiu pavor outra vez. O Matheus adulto, olha, sentiu alívio. Brincadeira. *(Ou não).*

(Te contei do medo só para falar da minha vida. Ele não é importante aqui. Me perdi do foco.)

Eu não me sentia parte de nada. De lugar algum. Não achava que me encaixava nos grupos, nos estilos, nas pessoas.

E, durante muito tempo, achei que isso se dava pelo fato de eu ser gay e viver em Feira de Santana, uma cidade do interior da Bahia, onde aprendi sobre homofobia, ainda na escola. *(Vou contar para você essa história sobre bullying mais para a frente neste livro.)* Achava que era porque eu não podia ser quem eu era livremente. Achava que é porque as pessoas tinham uma cabeça fechada. E tinha um milhão de motivos para ter certeza disso. Uma vez, por exemplo, platinei o cabelo *(pintei de cinza)* e por onde eu passava todo mundo me olhava torto. Era nítido que as pessoas não estavam tão acostumadas com o diferente lá. E eu não digo isso minimizando ou diminuindo a minha cidade. Eu realmente a amo. Eu realmente gosto de lá. Mas era essa a sensação que existia no meu coração. *(E já digo isso temendo o seu julgamento. Enfim, respire fundo. O problema nunca foi a cidade, ou as pessoas, a localização. Leia este texto até o fim que você entenderá.)*

Aí eu visitei São Paulo pela primeira vez – e me encantei. Tinha gente com toda cor de cabelo. Havia gays andando de mãos dadas nas ruas. Emos, roqueiros, regueiros, pagodeiros, ateus e evangélicos todos nos mesmos espaços. Compartilhando muita coisa. E eu achei que estava em casa. Achei que aquele era o meu lugar no mundo. Chorei copiosamente quando fui embora de São Paulo *(como turista)* pela última vez. Decidi me mudar. Decidi que precisava viver no lugar que sentia que era o meu. Onde eu seria acolhido. Onde eu seria aceito.

(E você já sabe que só pelo tempo verbal isso não aconteceu, né? Você é ansioso. Eu sei. Se está lendo este livro, isso já diz tudo, mas... calma, eu ainda não vou chegar aí, agora.)

Voltei para a Bahia, pedi demissão, resolvi viver só da escrita. Vendi o meu carro, que era o meu companheiro de aventuras. Me mudei. Chorei toda semana nos primeiros meses. Depois, a cada quinze dias. Desde que fui ao bloquinho de Carnaval, todos os seguintes.

Eu realmente não me encaixo aqui.

Eu realmente não me encaixo no mundo.

Eu realmente sentia isso.

Até que disse isso no Twitter e alguém me respondeu com a seguinte frase: "Quando você não se encaixa no mundo, é porque você precisa encontrar outras pessoas iguais a você para criar um novo mundo". E tudo fez sentido. E eu desisti de deixar de escrever. E eu desisti de desistir de escrever este livro. Porque só através das minhas palavras, das minhas redes sociais, vou conseguir encontrar essas pessoas como você. Pessoas que não se encaixam nas paredes de concreto das cidades. Que se sentem deslocadas nos ambientes, nas rodinhas, que estão por fora de diversos assuntos. E, juntos, poderemos formar um novo mundo. Um mundo onde a gente consiga se sentir em paz e em casa.

Mas eu ainda preciso te falar do bloco de Carnaval. Eu não me esqueci disso.

Eu não consigo acreditar que a coisa mais importante sobre a gente seja o nosso exterior. Eu não consigo aceitar o fato de que as pessoas consigam supervalorizar isso. E isso me frustra. Porque um olhar de julgamento condena mais do que a sentença de um juiz de direito que bate o martelo de madeira e manda alguém para a prisão perpétua. E lá existiam vários. E eu me senti como se estivesse numa vitrine. Como se eu fosse uma peça da coleção de primavera-verão que deveria ser avaliada, provada, para depois o cliente decidir se levava para casa ou não. Comigo não. Eu não tenho preço. Tampouco quero ser avaliado.

Rodrigo, meu amigo, se sentiu quase igual. E ficou desesperado quando viu que eu fiquei desesperado de estar naquele lugar. Ele pediu tanto para ir embora, que a gente foi. E, ali, pensando enquanto eu caminhava para o metrô, depois enquanto eu caminhava da estação até em casa, e, ainda agora, percebi que sim, eu sou diferente.

Diferente por não achar que o melhor de alguém está nas roupas que esse alguém usa. Na sua maquiagem. No seu peso. Na cor da sua pele. Na sua orientação sexual. Na quantidade de músculos que exibe. Eu acho que o melhor de alguém é como esse alguém brilha quando sorri. Como a voz faz cócega no nosso ouvido. Como a energia desse alguém faz a gente se sentir bem. O melhor do outro não está em nada que ele carrega por fora – mas, sim, no que ele esconde por dentro.

E eu não me senti mais tão sozinho.

E eu me senti melhor.

E eu senti que encontrei mais um alguém para a nossa luta.

E eu senti que é importante ter amigos.

E eu senti que Rodrigo é um de nós.

E não é que eu e ele não tenhamos defeitos. Eu poderia listar vários nossos. Ele também poderia, se estivesse aqui, falando com você, no meu lugar. Mas a gente quer ver o mundo além do óbvio. Além da casca.

E eu, que, durante algumas lágrimas derramadas desde que fui ao bendito bloco, jurei para mim mesmo que era mais fácil parar de nadar contra a maré e me render à correnteza de ser igual a todos os outros cujos atos e atitudes eu não concordo, ganhei mais gás. Ganhei mais um pontinho de bateria para não me render e sigo de pé.

Quero dizer ainda que:

Eu também canso.

Eu também sou humano.

Eu também sou fraco.

Por mais que, por detrás de tantas palavras bonitas e bem articuladas, sem falsa modéstia, eu pareça saber de tudo e ser bem resolvido, eu não sei quase nada e me perco em todos os caminhos. Dos reais aos imaginários.

Mas não quero me render porque é mais fácil.

Eu sou diferente.

Eu não me encaixo em qualquer lugar.

Mas no meu coração eu me aceito.

Mas no meu coração eu me abraço.

Mas no meu coração eu me refugio.

Mas no meu coração eu me sinto em casa.

E quero me sentir assim, também, fora dele.

Então, eu, você e Rodrigo temos algumas batalhas para travar.

Eu não vou prometer que será fácil.

Eu não vou prometer que será rápido.

Mas eu prometo que estaremos juntos. E, só de estarmos juntos, não estamos sozinhos.

Só de não estarmos sozinhos, tudo vale a pena.

Era só um bloquinho de Carnaval.

Existirão outros.

E outros Carnavais.

Vou levantar a cabeça e sorrir. E festejar.

Sou um ET que quer apenas dançar.

A música que a vida quiser tocar.

Ainda que os humanos, tão diferentes de mim, queiram apenas me julgar.

É DIFÍCIL EXPLICAR O QUE É ANSIEDADE PARA ALGUÉM QUE NÃO PRECISA CONVIVER COM UM PEITO ACELERADO, COM UM PULMÃO EM QUE APARENTA NÃO CABER MUITO AR, MÃOS QUE TREMEM ALEATORIAMENTE E LÁGRIMAS QUE SALTAM DOS OLHOS SEM RAZÃO. É DIFÍCIL EXPLICAR. É DIFÍCIL ENTENDER. ALGUNS, NO FIM DAS CONTAS, NÃO QUEREM SABER.

EU NÃO PEDI PARA SER ANSIOSO

Você já sentiu o seu coração acelerar tanto, a ponto de parecer que levou um susto, mas estava apenas deitado na cama? Você já tentou puxar o ar com toda força, querer guardar o oxigênio do mundo no peito, mas sentiu como se estivesse em meio ao vácuo? Você já teve a sensação de que ia cair de um precipício, mas estava parado, sentado no sofá de casa? Você já teve uma crise de choro voltando para casa ou no meio do expediente, da aula, sem motivo algum?

Se você nunca sentiu nada disso, se nenhuma dessas sensações faz parte da sua rotina, desculpa, mas você não faz ideia da inveja que sinto de você. Parece besteira, parece pouco, parece drama, eu sei, já me disseram isso mais vezes do que eu gostaria de escutar, mas é real. É um dos capítulos mais angustiantes da minha história. É a ansiedade que nem pediu licença e já chegou colocando os pés no sofá, abrindo a geladeira, pegando minhas roupas e momentos emprestados. Achando que manda e desmanda na minha vida.

Às vezes, parece que tudo pesa mais para um ansioso. Me sinto como uma esponja energética. Sugo tudo que existe de melhor e pior nos dias, nas pessoas, nas situações. Faço de toda essa gama energética que acabo absorvendo, uma vitamina. Mas, quando você mistura muitos sentimentos, o sabor não se torna tão bom quanto o de um suco exótico. A boca amarga. O estômago embrulha. As crises começam e eu... ah, eu tento me lembrar de que respirar fundo ajuda. Tento manter a calma, mesmo sendo a pessoa mais impaciente que conheço. E os outros não ajudam. Eles, por desconhecimento ou desinteresse, às vezes, ainda colocam mais lenha na fogueira. E eu queimo.

Queria mesmo é ser como qualquer um que não tem um peito acelerado. Que consegue deitar e dormir em uma fração de segundos. Eu já coloquei até apelido em cada um dos carneirinhos, de tanto contá-los, todas as noites. Já criei uma playlist só com áudios de barulho do mar, porque me acalmam. Já comecei a gostar de chá, porque eles me relaxam. Já aprendi mais sobre quem eu sou, do que achava necessário. E sigo aqui, tentando descobrir um jeito de viver em paz, com algo que passará a vida comigo, sem que eu tenha escolhido.

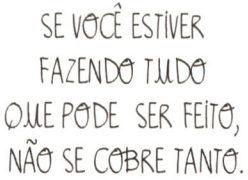

SE VOCÊ ESTIVER FAZENDO TUDO O QUE PODE SER FEITO, NÃO SE COBRE TANTO.

CERTAS COISAS SÓ DEPENDEM DAS VOLTAS DOS PONTEIROS DO RELÓGIO. A VIDA SABE A HORA EXATA PARA FAZER TUDO ACONTECER. NÃO SE PREOCUPE, ELA CUIDA DAS PESSOAS DE BOM CORAÇÃO.

SÍNDROME DE SUPER-HOMEM

Escrever já me salvou diversas vezes. Não só quando os meus relacionamentos não deram certo, mas quando eu tropecei em amizades, em problemas da vida de um modo geral, quando eu caí e cheguei ao fundo do poço emocional. À medida que eu escrevia e ia processando o que estava acontecendo dentro de mim, sentia como se uma escada fosse se formando com o passar das palavras somadas. Aos poucos, cada frase, cada texto, cada livro, foi se moldando e me ajudando a dar passos cada vez mais altos e mais próximos da estabilidade; mas nem sempre a única coisa de que precisamos é um meio de escalada. Às vezes, tropeçamos nos próprios passos e rolamos lances inteiros abaixo.

E na escrita deste livro eu caí.

Caí feio.

Me machuquei.

Ainda tenho os joelhos ralados, o coração meio abalado e a cabeça um pouco zonza.

E eu precisei parar.

Na verdade, estamos em março. Eu precisava ter entregado o livro em novembro. Isso, para que você não se perca nas contas, do ano anterior. Seja lá quando você esteja lendo isso. Um hiato gigantesco espaçou a entrega ideal da entrega real.

É que eu me desestabilizei.

Na verdade, percebi que sofro da síndrome de super-homem.

Aquela ideia meio surreal de que consigo carregar o mundo todo nas costas, ajudar as pessoas que estão a minha volta, ser forte o suficiente para superar todos os desafios e vilões. Tenho uma ideia errônea de que dou conta de tudo. É que, às vezes, consigo. Eu me viro do avesso, mas consigo. Consigo atingir os objetivos, suprir as necessidades daqueles que amo, cumprir os prazos dos meus trabalhos, mas... que tempo sobra para cuidar de mim? Que tempo resta para olhar no espelho e perguntar para aquele cara do outro lado o que ele precisa que façam por ele naquele segundo?

E assim eu vou me deixando para depois
    Um depois que nunca chega
    Porque sempre algo mais urgente surge
    Algo mais urgente para mim do que eu mesmo
    A dor de alguém
    O problema de alguém
    A necessidade de alguém
    A vontade de alguém
    O desabafo de alguém

E eu ouço
    E eu ajudo
    E eu me doo
    E eu me deixo para depois
    Um depois que nunca chega

E eu consegui, durante muito tempo, fazer isso
    E eu consegui, durante muito tempo, seguir assim
    Até travar
    Até dar pane
    Até parar de funcionar

E eu, de verdade, perdi a minha naturalidade. Os meus textos mudaram. A minha forma de me comunicar. O meu olhar para o mundo, para os outros, para a vida; eu não me reconhecia mais nos processos, nas partes, eu não via a minha essência naquilo que saía de mim.

    E por isso joguei muitos textos fora, adiei a escrita de tantos outros, a publicação do livro. Fiquei um tempo sem produzir textos novos para a internet e fui republicando alguns de que eu gostava mais do meu passado.

Sabe quando você abre muitas páginas da internet, diversos programas, tudo ao mesmo tempo em um computador que já te acompanha há muito tempo? Então... Seguindo por essa lógica, o que acontece? Ele trava. Ele fica lento. Ele precisa que você se livre de alguns daqueles pesos. Às vezes, é preciso reiniciar. Desligar completamente. Se livrar de tudo aquilo que tira o funcionamento normal e recomeçar. Do zero. Partindo do início, e só abrir, por favor, o que for extremamente necessário. Com a paciência de deixar inicializar tudo. Sem ficar clicando e apressando as etapas. Sem demonstrar impaciência. Apenas ver as janelinhas carregarem, o cursor girar e entender que tudo segue etapas e que você não pode pular algumas só porque quer chegar logo a uma determinada parte.

E eu precisei fazer isso com a minha vida.

Precisei me desligar de muitas coisas, pessoas, obrigações, falsas necessidades, futilidades.

Precisei fazer uma verdadeira faxina emocional.

E joguei muita coisa fora, viu? Sabe quando você arruma os armários e vai decidindo o que não te serve mais, o que você ainda quer usar e o que é melhor doar para alguém que vai aproveitar melhor do que você?

Fiz isso.

Agora, me sinto incrivelmente mais leve.

Se a gente bem soubesse, iria lidar com as coisas à medida que elas acontecem. Iria lidar com os problemas, os dilemas, iria remover pendências da nossa rotina, mas... dá tanto trabalho que eu, sendo honesto, vou empurrando com a barriga, vou deixando para depois, para quando não houver mais jeito.

E essa hora chega, porque a vida cobra.

E aí, ela não quer saber se você tem dinheiro sobrando na conta.

Ela cobra com juros e correção monetária.

E você precisa pagar centavo por centavo.

Sendo assim, vou lhe dar três conselhos sem que você tenha me pedido sequer um:

1) Reserve um tempo para rever as pontas que você tem deixado soltas na sua vida. Observe o que você pode fazer para amarrá-las, senão – eu garanto – você vai tropeçar em todas. Remediar depois que já virou ferida é mais doloroso do que tratar enquanto é apenas um leve sintoma.

2) Não tente ser um super-homem ou uma supermulher. Entenda que você é um ser humano e, como tal, tem limitações. Sejam elas físicas ou emocionais. E essas limitações não te transformam em alguém melhor ou pior. Elas só reforçam que você é de carne e osso. Não é invencível, por mais que vença diversas coisas. E é importante entender também que não dá para vencer sempre. Se priorize a ponto de entender até quando não vale a pena nem lutar. Não precisa carregar o mundo nas costas. Não precisa se deixar de lado para tentar resolver tudo. Nada vale a sua paz. Nada vale a sua saúde mental. E, se o preço for esse, não pague. Dê o calote. Invista toda a sua poupança em você. Poupe-se de tudo que não lhe agrega valor.

3) Por último e não menos importante: tenha paciência com a sua jornada. Se você estiver oferecendo o seu melhor, isso já é suficiente. Sempre reforço isso não só para quem me lê entender, mas para ver se eu mesmo assimilo. A gente tem que parar de se apressar achando que, só porque a nossa vontade é de conquistar para ontem, a vida precisa corresponder a esses caprichos. Não, meu bem. A vida, Deus e o destino sabem melhor do que nós mesmos a hora certa de colher. Nosso trabalho é plantar e regar.

No mais, me desmontei inteiro para encaixar as peças certas, no lugar certo. E se você estiver com este livro nas mãos, agora, por favor, faça um carinho nele por mim, do mesmo jeito que a gente afaga o rosto de alguém que a gente ama. É que não foi fácil sair do meu agora até o teu agora. Muita vontade de abandonar tudo, muitas lágrimas, muitos dilemas passaram nesse espaço de tempo, mas todos nós saímos e sairemos vitoriosos, mais fortes, mais unidos. Enfim, faz um carinho nele por mim. Assim, você fará um carinho em mim também. Em dias difíceis isso é tudo de que a gente mais precisa.

TEMOS O NOSSO PRÓPRIO TEMPO DE MATURAÇÃO. É INÚTIL COMPARAR-SE COM OUTRO ALGUÉM. NEM TODAS AS FRUTAS AMADURECEM NA MESMA ESTAÇÃO.

EU NÃO SOU UM CORREDOR

Para começo de conversa, quero dizer que me acho um tanto quanto velho, mesmo só tendo vinte e poucos anos. É que, às vezes, parece que tenho tantas vontades que não seriam passíveis de realização em uma só vida. Então, queria ser mais novo para, assim, quem sabe, dar conta de fazer tudo que quero. De ser tudo que pensei em me tornar. De visitar todos os lugares que sonho em conhecer. De viver todas as experiências que listei, mais de uma vez, nas coisas para serem feitas antes de morrer.

Me sinto constantemente atrasado, essa é a grande verdade. É como se o tempo todo eu estivesse andando quando precisasse correr. É como se eu estivesse dormindo enquanto o certo seria já estar de pé, trabalhando, correndo atrás de tudo aquilo que quero para mim. E essa sensação nunca me abandona. Às vezes, ela abranda. Em outras, nossa, ela me paga com todo o retroativo de abandono, juros e ainda correção monetária. E eu? Ah, eu tenho mais crises de ansiedade.

Eu não sei se já te disseram, mas sempre me dizem que "ansiedade é excesso de futuro". Agora, imagina uma pessoa que já se sente atrasada, mas vive com a cabeça no amanhã?! Então... essa conta não tem como fechar. Eu sempre estou pensando em outubro, mesmo ainda sendo fevereiro. Eu estou sempre me preocupando em como vou pagar a conta do mês seguinte, mesmo tendo acabado de quitar o aluguel deste mês. Eu não paro de pensar em como é que eu vou estar daqui a dez anos, mas eu não consigo descrever direito nem sequer como eu estou agora, nesta fração de segundo...

E assim eu vou me perdendo.

E assim as horas vão passando.

E assim eu vou tendo certeza absoluta de que me falta tempo, porque, aparentemente, em meus dias não cabe nem mais uma vírgula, que dirá um texto inteiro.

Mas eu preciso fazer alguma coisa diante disso.

Mas eu preciso me mover de alguma forma para dar conta de tudo.

Mas eu estou sempre sobrecarregado.

Mas eu estou sempre com sono demais por dormir pouco.

Mas eu estou sempre com uma dor nas costas que me dá a sensação de que eu estou carregando o mundo todo nos ombros.

Mas eu estou sempre reclamando de alguma coisa, pois parece que mais me falta do que eu de fato já conquistei.

A única saída foi levar isso para a terapia.

E dizer em alto e bom som, para que eu mesmo pudesse ouvir, que estou atrasado na vida.

Mas... não sei se já te disseram que quando você fala o que quer, pode ouvir o que não gostaria – sempre me dizem, principalmente o que eu não gosto de ouvir. E, coincidentemente, é tudo que eu preciso ouvir.

— Você sabe que você é quem está se atrasando, não é? — Foi essa a devolutiva da minha terapeuta.

E eu não sei o que me assustou mais: ouvir ou já saber disso antes mesmo de ela dizer.

E ela continuou:

— O que você tem feito para realizar os seus sonhos, vontades e para se tornar o que você sempre quis ser? Como você tem gastado seu tempo livre? Você já reparou que se sente atrasado quando se compara com os outros?

As perguntas não foram sequenciadas assim. Foram espaçadas pelas respostas. Mas eu queria te indagar as mesmas coisas. Sim, a você, que está lendo o meu livro:

O que você tem feito para realizar os seus sonhos, vontades e para se tornar o que você sempre quis ser? Como você tem gastado seu tempo livre? Você já reparou que se sente atrasado quando se compara com os outros?

(Não precisa me responder, desde que me prometa pensar sobre isso.)

Me dei conta de que eu havia entrado num modo automático de viver. Sabe a linha de produção de uma fábrica? Então. Eu já havia automatizado o que precisava fazer dentro da minha rotina e só seguia à risca tudo aquilo. Acordar, trabalhar, almoçar, trabalhar, comer qualquer besteira, trabalhar, voltar para casa, jantar, passar horas no celular e na frente da televisão, dormir tarde, trabalhar...

E assim eu continuava insatisfeito com o meu trabalho, com a minha alimentação, com o meu corpo, com a minha saúde, com a minha forma de gastar meu tempo livre. E comecei a entender que eu não estava me tendo como prioridade. Eu havia desistido de mim, mesmo ainda levantando da cama todos os dias. Mesmo respirando. Mesmo tendo um coração pulsando. Mesmo vivo. Eu havia adormecido para mim.

E isso é tão errado...

É tão ruim fazer isso com a gente.

É tão ruim ficar dormente.

É tão ruim se deixar e se esquecer de si.

E tudo continuava.

Como eu usava todo o meu tempo livre na internet e vendo besteiras na televisão, passei a consumir vidas perfeitas, pessoas com rotinas tão felizes quanto comerciais de margarina, e comecei a murchar. Eu ficava o tempo inteiro me comparando. É como se o outro fosse o molde e eu tivesse de me encaixar. É como se o que o outro vivesse fosse o ideal e eu precisasse ter uma vida naqueles moldes.

Mas eu precisava fazer alguma coisa diante disso.

Mas eu precisava me mover de alguma forma para mudar isso.

E comecei a me questionar como.

E fui para o começo de tudo: reconhecer quais das minhas vontades faziam parte das minhas reais necessidades.

E não vou dizer que é fácil.

Acho que ainda não sei reconhecer todas, nem mesmo a maioria.

Mas comecei pela minha vontade de não me sentir mais atrasado. Não me sentir um coadjuvante da minha própria vida.

E listei tudo aquilo que queria para mim. Da parte física até a emocional. Passeando pelos países que queria ver, os livros que queria ler, até o amor que queria viver. Lembra que disse que tinha uma lista de coisas que queria fazer antes de morrer?

Comecei a colocar em prática.

E sei que, a essa altura, você pode estar se perguntando: "O QUE ESSE MENINO FEZ?". E eu vou te dizer, calma, mas queria te pedir, mais uma vez, que você voltasse, depois de ler este texto, os seus olhos para você e me dissesse o QUE VOCÊ PODE FAZER.

Já eu...

Parti dos horários. Eu precisava me organizar para dar conta de tudo que precisava fazer. Não só as horas de ganhar o pão, mas, também, as de me divertir.

Resolvi acordar um pouco mais cedo para fazer atividade física antes do trabalho. Resolvi fazer uma reeducação alimentar, porque sentia que tanto hambúrguer e pizza já não estavam mais me dando a energia de que eu precisava. Resolvi diminuir o meu tempo na internet e converter aquelas horas extras em ler mais, tentar aprender violão, colocar em prática a minha vontade de desenhar e passar mais tempo conversando pessoalmente com as pessoas que me fazem bem.

Mas uma das coisas que mais me ajudaram a não me sentir tão atrasado foi conversar comigo sobre as comparações que eu faço.

Estou ainda em processo de entendimento, porque isso não é tão simples, fácil e rápido. Mas tenho tentando entender que cada um de nós teve oportunidades e experiências diferentes na vida. E que até as oportunidades minimamente parecidas são vivenciadas de formas diferentes, porque cada um tem reações diferentes e particulares. E que é injusto comigo me equiparar a alguém que teve acesso a tantas outras coisas que eu mesmo nunca pude ter.

E comecei a escrever muito sobre isso para tentar assimilar tudo. É assim que eu processo as minhas emoções – escrevendo.

E, numa das minhas noites de insônia regadas a Word aberto e notebook no colo, fui inspirado a escrever a seguinte frase: "Temos o nosso próprio tempo de maturação. É inútil comparar-se com outro alguém. Nem todas as frutas amadurecem na mesma estação".

E eu percebi que estava e ainda estou, o tempo todo, oferecendo a minha melhor versão, mesmo diante de dias não tão bons assim. Mesmo perante uma realidade que não é a que eu sempre quis ou sonhei em ter. E que ainda estou amadurecendo.

E me abracei.

Eu não posso me cobrar tanto.

Eu não posso me comparar tanto.

Sei que talvez eu realmente não consiga viver tudo que sonho e quero. Sei que talvez eu realmente não vá me tornar tudo que sempre quis ser. Mas é que talvez os pedaços não realizados façam parte das vontades que não são reais necessidades. Mas de uma coisa eu estou me certificando: vou me esforçar de todas as formas que puder para conseguir. Tudo aquilo que não vingar, é porque não era para ser, mas... desde que ouvi que eu era a única pessoa no meu caminho, algumas coisas mudaram por dentro de mim.

Não vou transformar a minha vida numa corrida.

Não vou apostar corrida com ninguém.

Não vou apostar corrida nem contra o meu eu.

Estou dando os passos que posso.

Estou realizando os sonhos que posso.

Estou chegando aos lugares que posso.

E estou feliz por isso.

Olhando para trás, já estou bem longe do lugar em que um dia estive. E me orgulho da minha caminhada. Ela pode não ser especial para muita gente, mas, para mim, ela é tudo.

Desativei os alarmes internos.

Desliguei o despertador do meu peito.

Vou no meu ritmo.

Sem me importar com os recordes que os outros já quebraram.

Meu cronômetro só conta sorrisos.

ANSIEDADE é aquela crise de choro antes de dormir sem saber o motivo. É a insônia sem saber o motivo. É o aperto no peito sem saber o motivo. É pensar demais e não pensar em nada, ao mesmo tempo, sem saber o motivo. É não ter motivos, mas sentir muito mesmo assim.

CONSEGUIR DORMIR É UM PRIVILÉGIO

Mais uma noite e o cansaço não me rendeu. Já decorei todas as imperfeições da parede do quarto. Sei cada pedaço em que a tinta não pegou direito, decorei cada milímetro como se fosse um mapa do tesouro. Inútil. Já contei até carneirinhos, mas, esta noite, pelo visto, passarei acordado. De conchinha com ela, a minha antiga companheira de viagem – a ansiedade.

Me sinto tão atento quanto um cão que fareja perigo. Mas é só alarme falso, mais uma vez. Nada poderia me atacar na fortaleza dos meus cobertores, a não ser que o meu próprio perseguidor estivesse debaixo dele... Não é mesmo, cérebro? Tenho certeza de que subjetivamente ele assentiu que sim. Tenho certeza, neste momento, de que estou mais acordado que os vigilantes do condomínio. Agora, todos cochilam, menos eu. Menos a minha cabeça. Menos o meu coração.

Por falar em coração, meu peito está pesando uma tonelada e meia. Está tão sobrecarregado, que é difícil respirar. O ar parece grosso, parece espesso demais para passar pelas narinas, para adentrar a porta dos pulmões. Quase não respiro. Suspiro. Sufoco. Reviro os olhos. Minha boca permanece seca, não importa quantos copos de água eu beba. E é sempre assim. Um ritual. Viro para todos os lados da cama, vou e volto do banheiro, mas o sono está atrasado mais uma vez.

Confesso que já fiquei me machucando por muito tempo tentando dormir exaustivamente, mas me impus um limite. Fico, pelo menos, uma hora assim. Se o sono não me quiser, aceito e sigo. Pego o meu livro de cabeceira do momento e começo a ler. Ou escrevo. Ou desenho. Ou vejo série. Aprendi que não devemos lutar contra certos inimigos, então, já que durante o dia todo o meu tempo é ocupado por obrigações, faço da insônia o meu parque de diversões.

Seria melhor só se, quando o dia amanhecesse, meu cansaço não fosse mortal, mas, já que eu ficarei cansado de toda forma por falta de sono, já que meu corpo inteiro irá me maltratar o dia inteiro amanhã, ao menos permaneço na cama e faço dela o meu playground. A ansiedade quis fazer uma noite do pijama. Eu só me esqueci de que em noites do pijama ninguém dorme e varamos a madrugada conversando.

TEM GENTE QUE TE DEVOLVE TODA A ENERGIA QUE OS DIAS RUINS TE FIZERAM PERDER, ASSIM SEM ESFORÇOS, SEM TRUQUES, SEM FÍRULAS. SÓ COM UM ÚNICO ABRAÇO.

BALÃO DE GÁS HÉLIO

Eu não sei com que frequência você se sente assim, porém, para mim, esses momentos são extremamente raros. Talvez, por eles serem tão escassos e espaçados, eu os valorize tanto. Mas aqueles minutos, às vezes segundos, em que o coração e a mente estão realmente em paz, para mim, valem por vidas inteiras. É um misto de prazer e felicidade. É como conseguir arrancar um pedacinho de uma nuvem do céu, mastigar e perceber que ela tem o mesmo sabor de um algodão-doce.

Só quem já teve crises de ansiedade por diversos dias seguidos de uma mesma semana, e achou que nunca conseguiria dar conta de respirar todo o ar que o pulmão parecia sentir falta, vai entender do que eu estou falando. É quando o mar que estava revolto em tempestade, de repente, se acalma, quando o sol reaparece, as gaivotas voltam a cantar, os peixes se alinham novamente em cardumes e tornam a passear num mar sem ondas altas, que não está quebrando na praia, nos dando caldos, quase que nos afogando. É quando você pode, finalmente, parar de bater seus braços e pernas para não se afogar e consegue boiar. Relaxando.

Depois de muitos anos lidando com a ansiedade, percebi que felicidade, para mim, se tornou sinônimo de paz. Quando o meu corpo não precisa fazer esforço algum para existir. Quando as roupas não me apertam para caber nelas. Quando os sapatos possuem exatamente os números que me servem. Quando a minha barriga tem o suficiente para não deixar a fome vencer. Quando não estou com sede. Quando todas as contas estão em dia. Quando todas as obrigações foram cumpridas. Quando eu posso só existir. Sem que o ontem me pese os ombros. Sem que o amanhã não me arregale os olhos.

Foi saboreando cada um desses raros momentos que têm o mesmo significado que abrir a geladeira e perceber que o pote de sorvete, de fato, tem sorvete, que eu comecei a fazer podas higiênicas em minha vida. E se você não sabe o que são podas higiênicas, eu já te conto: é quando você apara as partes que murcharam das plantas, quando você as limpa para que elas sigam crescendo sadias, livres de pragas e de tudo aquilo que, de uma forma ou de outra, acaba machucando-as.

E foi assim que eu me afastei de alguns pseudoamigos, pseudorrelacionamentos, pseudodiversões. Passei a me importar e priorizar quem me presenteava com a paz. Com o bem-estar. Com a leveza. Passei a só frequentar lugares, eventos, festas, shows, espaços que não me faziam me sentir enclausurado dentro de mim. Porque, não sei se você já reparou, existem pessoas e lugares que são tão tóxicos, que quase te obrigam a se espremer dentro de si. Sabe quando as tartarugas e os cágados ficam com medo e enfiam a cabeça dentro do casco? É dessa forma que, volta e meia, me sinto.

Em contrapartida, existem aqueles que são verdadeiras fontes de energia. Aqueles que você abraça e em cuja testa consegue até ver um visor de celular, com o status da sua bateria recarregando. Gente que, por falar em celular, te faz esquecer que ele existe. Que te faz não se lembrar de notificações, de fotos. Gente que faz você viver o aqui e o agora, seja lá onde você esteja e qual seja a hora. Gente especial demais para a gente deixar de dar atenção por estar gastando todo o nosso tempo com outros tipos de gente.

Eu queria só falar de como é bom me sentir em paz, mas tenho sentido uma sensação tão boa de felicidade ecoando dentro de mim, que acabei escrevendo, escrevendo e só me permitindo escrever e passear por onde a minha cabeça quisesse ir. Me perdoe as voltas que dei. Só sorria um riso, mesmo que leve, comigo, neste segundo. Você, se for tão ansioso quanto eu, vai saber a importância deste momento em que estou agora. Um momento que tem o mesmo sabor de oito horas de sono seguidas. Um momento que tem o mesmo sabor do beijo de amor verdadeiro. Um momento que tem o mesmo sabor de estar em paz consigo, com o mundo, com todo mundo, e estar tão leve, que nem mesmo um balão de gás hélio flutuaria mais alto.

Sigo daqui voando.

Não sei até quando essa felicidade irá durar; sendo assim, prefiro vivê-la.

Obrigado por voar comigo.

Obrigado por se permitir voar.

Durante uma crise de choro, metade de mim se dissolve enquanto a outra metade tenta entender o motivo pelo qual estou chorando.

ISSO É ANSIEDADE.
ISSO É UMA CRISE.

E eu, ah, eu só tento respirar fundo já que não encontro as justificativas de que preciso.

TIVE QUE ME BASTAR

Eu juro que estava bem, ou achava que estava. De fato, posso garantir que nada me mobilizava, que nada me prendia, que nada me angustiava. Eu estava olhando o mundo de cima, vidrado na janela de um avião, ganhando os ares, um novo rumo, buscando um, mas... Lágrimas. Chorei a ponto de soluçar. Sem parar. A ponto de me atropelar.

Do mesmo jeito que foi no avião, já aconteceu no meu quarto, no trânsito, no meio do expediente, no banheiro da faculdade, caminhando na rua, no meio de um show. Do nada. É quase sempre assim – sem que eu espere. Sem que eu me prepare. Se bem que, sei lá, acho que não dá para se preparar para uma crise de ansiedade. Se desse, não seria uma crise. Se desse, não seria ansiedade. Se desse, não seria eu. Logo eu, que estou quase sempre atrasado.

Nos momentos de uma crise, sinto, sendo bastante sincero, que me divido em dois. Sim, são duas pessoas lutando pelo comando do meu corpo. Duas pessoas que discutem, que quase que saem aos tapas para decidir quem vai usar meu corpo no episódio de hoje de *The Sims* da vida real.

Enquanto um lamenta, enquanto um sufoca, enquanto um sente dores absurdas, o outro tenta entender o motivo. O outro tenta achar causas, consequências. O outro tenta arrancar explicações. Mas nenhum dos dois consegue responder a nada. Nenhuma dúvida é saciada. E, só depois da quase exaustão os dois se rendem, fazem as pazes, se abraçam e respiram fundo.

Tentar achar esse ponto de equilíbrio é a minha luta diária. Tentar fazer que as vozes da minha cabeça façam um coro, em vez de todo mundo falar ao mesmo tempo, é a minha guerra. A minha arma? Respirar. Fundo. Beeem fundo. Beeem devagar. Pode parecer uma besteira sem fim, mas tudo que eu menos lembro durante uma crise é disso – respirar.

Depois de muito conviver com a ansiedade, entendi a importância que a respiração tem.

Chorei de soluçar no silêncio abissal de uma poltrona de avião. Espremido entre a vergonha de ser visto chorando e o desejo de que aquilo acabasse logo. Bom, não foi tão logo assim, mas, ao menos, consegui respirar. Um abraço também poderia ajudar, mas eu estava distante demais de qualquer lugar. Tive que me bastar.

Você pode se afastar de tudo que for tóxico, mas... enquanto não se abraçar de verdade e apagar todos os incêndios do seu coração, você não terá paz. Você é o seu abrigo. Você é a sua cura. Você é o seu equilíbrio. Não se perca da sua essência. Não existe felicidade fora dela.

AUTOELOGIE-SE

Hoje, eu vivi uma experiência que começou na terapia, perpassou duas folhas de papel e terminou de frente para o espelho em que consigo me ver de corpo inteiro e que fica preso na porta do guarda-roupa do meu quarto. Hoje, foi dia de falar do ódio que sinto por mim. Do rancor que sinto de mim. De como tudo isso somado me impede de seguir mais seguro, mais em paz, mais confiante.

A gente cresce se maldizendo. Ou melhor, não posso falar pelos outros, mas posso te assegurar que nunca cresci me autoelogiando. Por mais que as pessoas que me amavam sempre me dissessem palavras doces, dentro de mim eu nunca peguei leve comigo mesmo. Eu sempre me cobrei. Mas me cobrei em um nível absurdo. Ao passo que sussurrava no meu próprio ouvido que eu não era bom o suficiente, bonito o suficiente, interessante o suficiente, que não tinha dinheiro o suficiente, não era inteligente o suficiente.

Desenvolvi uma espécie de aversão a quem eu era. Por mais que, em muitos momentos, tivesse certeza absoluta de que eu era o meu melhor amigo. Achava que eram normais essas brigas. A gente discute com quem a gente gosta, às vezes, não é? É até saudável para ajustar as coisas. Mas, sendo honesto, eu já não conseguia estabelecer relações duradouras porque eu me colocava tão para baixo, que não conseguia sequer me aproximar de alguém. Quando o outro vinha e tentava chegar mais perto, eu arrumava um jeito de fugir. De mostrar para ele que eu não era alguém tão "uau" assim.

E isso me machucava.
Duplamente.
Primeiro, por fazer.
Segundo, por sentir os efeitos da ação.
Então, hoje, disse à minha terapeuta que estava exausto.
Disse que queria dar um basta em tudo isso.
E que eu não era uma pessoa boa.

Que existiam muitos sentimentos ruins por mim mesmo dentro do meu coração naquele momento.

Então, ela me pediu para escrever tudo em uma folha de papel, tudo que eu odiava em mim. Tudo de que eu não gostava. Tudo que eu queria mudar. E eu escrevi com a mesma voracidade de alguém que, perdido no deserto, corre para a primeira fonte de água que vê pela frente.

Escrevi frente e verso, com os olhos cheios de lágrimas.

Então, ela me fez ler aquilo tudo em voz alta como se eu tivesse dizendo a alguém.

Não era como se eu estivesse falando de mim.

Era de um terceiro.

Era sobre uma pessoa aleatória.

Num determinado momento eu não consegui mais.

Ela me perguntou o motivo daquilo.

Respondi que aquelas eram palavras duras demais para se dizer a alguém.

— Então por que você está dizendo tudo isso a você se não consegue sequer dizer isso para outra pessoa?

Não consegui responder.

Só chorei.

Senti como se alguém tivesse arrancado a minha roupa no meio da rua e eu estivesse passando a maior vergonha de todas no meio de uma avenida lotada.

Ela pediu que eu fosse para casa, reescrevesse tudo aquilo, mas substituindo todas as críticas, ofensas e blasfêmias por palavras opostas. Deveria escrever afagos, elogios, palavras de encorajamento.

E eu fiz.

Mais uma folha.

Frente e verso.

Só coisas boas.

Então, me encarei de frente ao espelho, me olhei fundo nos olhos e comecei a repetir em voz alta todas aquelas novas coisas que havia escrito no papel.

Não consegui não chorar de novo.
Percebi que tinha vergonha de me elogiar.
Percebi que não sabia fazer isso.
Percebi que eu era capaz de até, por um tempo, me dizer coisas duras, mas que eu não durava o mesmo tempo me dizendo palavras bonitas.
E eu as repeti com olhos marejados até conseguir terminar a lista inteira.
Ao final, senti como se os meus braços estivessem fora do meu corpo e me oferecendo afago.
Eu cresci sem ter intimidade o suficiente para me fazer elogios frequentes. Me embebedei pelo fluxo do mundo, que só cobra e apedreja, e achei que poderia conviver bem com isso. Não pude. Não consegui.
Depois disso, resumi algumas daquelas palavras boas em frases que eu posso repetir para mim mesmo durante o dia e coloquei como plano de fundo do meu celular. Só durante a escrita deste texto, já parei para responder a três mensagens e li as sentenças. Quero ajudar o meu subconsciente a fixar cada uma delas na minha memória.
Ainda não sei, em longo prazo, quais os benefícios que se autoelogiar tem, mas se eles forem parecidos com o arrepio que percorreu o meu corpo quando eu consegui ler toda a minha lista, olha, te garanto que são incríveis.
No mais, preciso parar de me autodepreciar.
Este será o meu mais novo desafio.
Me observar.
Me repreender sempre que repetir esse padrão.
Me abraçar.
Me amar.
É que eu sou a pessoa mais linda, legal e bem-humorada deste mundo, sabe? E eu serei a pessoa mais feliz dele também. Não serei. Já sou. Foi no meu rosto que o sorriso resolveu morar.

SE VOCÊ SEMPRE AGIU
EM LEGÍTIMA DEFESA DA
SUA FELICIDADE, SE PERDOE.
O MUNDO INTEIRO JÁ É SUFICIENTE
PARA CONDENÁ-LO. SE OFEREÇA ABSOLVIÇÃO.
A SUA ALMA TERÁ PAZ. A SUA VIDA TERÁ COR.
O SEU SONO SERÁ MAIS TRANQUILO.
VOCÊ OFERECEU SEMPRE O SEU MELHOR,
MESMO DIANTE DO SEU PIOR.
ISSO É O SUFICIENTE.

NO MAIS, BOA VIAGEM!

Nunca tive tanta facilidade em perdoar, preciso confessar. É que eu sou uma das pessoas mais sensíveis que conheço. Daquele tipo que se machuca num piscar de olhos, mas é inversamente proporcional na hora de confiar em alguém. Para conquistar a minha confiança, de verdade, nossa, não é do dia para a noite. É que já quebrei a cara tantas e tantas vezes, que passei a selecionar milimetricamente as pessoas a quem entregaria tudo que tenho de mais precioso – o meu coração.

Sempre fui adepto também da máxima do "perdoo, mas não esqueço", mas a verdade é que eu gostaria de esquecer para não precisar perdoar. Porque para perdoar a gente precisa lidar com aquela situação, processá-la, digerir os dados e as dores e conseguir conviver confortavelmente com aquilo; caso contrário, o perdão sai com ressentimentos. Não sai aquele perdão "leve". Não sai aquele perdão "pronto, está tudo resolvido entre nós". E, ao menos para mim, é muito difícil passar uma borracha em cima das ações. Eu tenho queloides emocionais. As feridas fecham, mas deixam marcas que me farão lembrar delas para sempre.

O problema mais grave mesmo nem é com as decepções causadas pelos outros. Quando alguém nos machuca, ainda temos a possibilidade de nos afastarmos deles, em muitos casos. Seja parando de falar caso o convívio seja obrigatório, seja se afastando física e emocionalmente... E não é que seja fácil. Não. Dói. Dói, e não é pouco. Só que existe um possível afastamento, mesmo que mínimo, em algumas circunstâncias. Mas o que fazemos quando NOS DECEPCIONAMOS COM NÓS MESMOS? Para onde fugimos se todo lugar a que formos estaremos conosco?

Eu já me decepcionei comigo mesmo uma série de vezes.

Eu já causei machucados emocionais em mim mesmo uma série de vezes.

Eu já pisei na bola comigo mesmo uma série de vezes.

E eu não consigo me ignorar.

E eu não consigo me afastar de mim.

E eu não consigo me perdoar.

Ou melhor, não facilmente.

Me sinto, em algumas situações, como aqueles irmãos que a mãe coloca de castigo juntos e que só sairiam dali se fizessem as pazes, se abraçassem e pedissem desculpas olhando um nos olhos do outro, seguido, é claro, de um caloroso "eu te amo".

E é essa lógica que uso para tentar me deixar em paz com os meus atos e ações.

Ainda agora, antes de escrever este texto, estava de castigo comigo mesmo, refletindo sobre a minha vida. Liguei o chuveiro, naquela temperatura quentinha que faz a água meio que abraçar a gente, sentei no chão e fiquei pensando em todos os atos que cometi contra mim mesmo nos últimos dias.

(E antes de continuar escrevendo, preciso só te perguntar: você já se sentou no chão do seu banheiro para tomar banho? Infelizmente não tenho como saber a sua resposta antes de continuar a nossa conversa, mas, se você já fez isso, parabéns. Senão, por favor, faça. É uma experiência tão boba, mas tão legal...)

Eu não sabia por onde começar a me perdoar. Eu não conseguia. Só que, a cada dia, colocamos mais memórias, mais situações vividas, mais informações na mala que fica em nossa cabeça e na qual levamos as coisas mais fundamentais quando precisamos mudar de vida. No meio dessa gama inteira de coisas, estão as frustrações, as decepções, as angústias. E se não separamos um tempo para rever o que tem dentro dessa mala, o que podemos jogar fora, o que podemos ressignificar, chega uma hora que não mais suportamos carregá-la. Que arrastá-la fica difícil. E não é possível despachá-la. Não é o tipo de bagagem que alguém consegue também extraviar. A única saída é passar pelo detector de metais da mente e ver se ali não existe nenhum objeto cortante.

E é aí que encontramos muitos deles. Mas não é possível embarcar numa nova jornada portando esse tipo de pensamentos-artefatos. Precisamos abrir a mala. Encarar e remover aquilo para só depois seguir viagem. Precisamos nos perdoar para ter um carimbo no passaporte que indique que aquela pessoa está apta a seguir com a sua vida sem mais pesos na consciência. Que não é uma fuga de si. Que é uma viagem a passeio pelos caminhos do destino, pelos destinos turísticos da existência.

O primeiro passo para isso, sinto que você está ansiando para descobrir, é identificar, no meio do caos que se é, o que você precisa perdoar. Seja um erro, uma escolha, uma fala, um gesto, uma ação, um sentimento, um comportamento, seja lá o que você sinta que precisa perdoar dentro de si.

Depois, é necessário aceitar que você precisa perdoar aquilo. É necessário que seja um perdão consciente. Um perdão que você olhe para si e diga: "Bom, isso está me machucando, isso está desconfortável e eu realmente preciso parar de ignorar e fingir que nada está acontecendo e agir diante disso".

Em seguida, você precisa entender que é normal errar. Que não somos seres humanos perfeitos, por mais que tentem pregar a perfeição para nós, de um milhão de formas, todos os dias, desde que nascemos. *(Ninguém é perfeito, nem mesmo a Rihanna e a Beyoncé. E olha que é até difícil dizer isso, mas elas também erram. Todos nós erramos.)* E os nossos erros, inclusive, são alguns dos grandes responsáveis pelos nossos acertos, mas isso nos faz esbarrar no próximo passo.

Se você erra sempre da mesma forma, conseguimos ver que ali existe um padrão. Identificar esses padrões de erros nos ajuda a não os cometer mais. Porque quando sentimos no ar aquele cheirinho de "ih, vai dar merda", conseguimos remediar a situação para que ela não nos faça adoecer. Conseguimos perceber que erramos o caminho e seguimos o exemplo dos aplicativos de localização – recalculamos a rota.

E, como o passo anterior sempre nos leva para o próximo passo, precisamos também estar abertos aos recomeços. Às mudanças. Precisamos encarar o fato de que erramos o caminho, mas agora aquela é a nossa realidade e temos que lidar com ela. Em contrapartida, uma nova rota foi traçada. Temos um novo caminho a percorrer. Não adianta ficar remoendo o que já passou. Não adianta ficar questionando o retorno que perdeu. Não adianta se martirizar: "Eu deveria ter dobrado à esquerda, e não à direita". Aconteceu. Lidemos com o "de agora em diante".

E, diante de um novo horizonte, percebemos que lidaremos com novas situações, novas relações e, consequentemente, com novos erros que precisarão ser perdoados. Mas, depois que criamos um atalho no meio de uma mata fechada, fica mais fácil saber por onde seguir para chegar a um determinado lugar outra vez. Se você conseguir se perdoar e transformar isso num exercício diário, será mais fácil conviver com os passos em falso.

Se eu pudesse lhe dizer algo, segurando na sua mão, como um amigo faz com o outro, seria: perdoe-se. Eu sei que não é fácil. Eu nem sei, na verdade, quais tipos de coisa você precisa perdoar em si, mas, sejam elas quais forem, converse consigo mesmo e se perdoe. A sua vida se tornará mais leve, o seu coração baterá mais compassadamente e das suas costas sairão pesos equivalentes a toneladas.

Todo mundo erra.

Sei que isso não diminui o peso dos erros.

Mas você estará na sua vida para sempre.

E, pelo menos aí, podemos fazer uma escolha: ou nos damos as mãos e seguimos ou nos empurramos. Sobre empurrar, já falamos disso ainda agora... Você não vai conseguir empurrar a mala das suas frustrações, decepções e angústias por muito tempo. Chega uma hora que fica insuportável. É melhor parar e rever. Se precisar de ajuda, o que é extremamente normal em muitos casos e situações, existem profissionais capacitados que poderão ajudá-lo na tarefa. Psicólogos e psiquiatras capazes de abrir até as malas cujas chaves dos cadeados foram perdidas e que estão dispostos a rever cada peça que carregamos naquela bagagem.

Não hesite em pedir ajuda.

Não hesite em se perdoar.
No mais, boa viagem!
Tenho certeza de que a vida levará você para um bom lugar.

LISTA 2

COMO GANHO INTIMIDADE COMIGO MESMO?

Às vezes, não há muito o que fazer quando uma crise de ansiedade chega, mas, com o tempo, fui ganhando mais intimidade comigo mesmo e comecei a perceber que algumas coisas me ajudavam a lidar melhor com elas.

1 ▸ TER UMA PLAYLIST SÓ COM MÚSICAS CALMAS E ALEGRES NO CELULAR.
2 ▸ OUVIR OS SONS DA NATUREZA *(ATÉ MESMO NOS APLICATIVOS DE MÚSICA DO CELULAR)*, COMO CHUVA, MAR, SONS DAS FLORESTAS.
3 ▸ TOMAR UM BANHO BEEEEEM QUENTINHO.
4 ▸ ESCREVER TUDO QUE ESTÁ SE PASSANDO PELA MINHA CABEÇA E RASGAR A FOLHA DE PAPEL NOS MENORES PEDAÇOS QUE EU CONSEGUIR.
5 ▸ LIGAR PARA OS MEUS MELHORES AMIGOS E CONVERSAR SOBRE A VIDA E O QUE ESTÁ ME ANGUSTIANDO.
6 ▸ ESCREVER NO MEU DIÁRIO, NO QUAL EU COMPARTILHO TODO O MEU DIA.
7 ▸ LISTAR TODAS AS MINHAS CONQUISTAS, MESMO AS MAIS SIMPLES, COMO CONSEGUIR LEVANTAR DA CAMA NUM DIA QUE EU ESTAVA PÉSSIMO, E REFLETIR SOBRE ELAS.
8 ▸ ASSISTIR A UM DESENHO ANIMADO.
9 ▸ LAVAR O ROSTO *(SE EU TIVER FORA DE CASA)*.
10 ▸ RESPIRAR FUNDO, O MÁXIMO QUE EU CONSEGUIR, PRENDENDO O AR ALGUNS SEGUNDOS E SOLTANDO ELE BEEEEM DEVAGAR, DE OLHOS FECHADOS, POR, PELO MENOS, CINCO VEZES *(APRENDI QUE A RESPIRAÇÃO NOS AJUDA A CONTROLAR O FLUXO DE PENSAMENTOS)*.
11 ▸ TER UM POTINHO CHAMADO "S.O.S. CRISES", DE ONDE EU POSSO TIRAR MENSAGENS OTIMISTAS E LER NESSES MOMENTOS MAIS COMPLICADOS *(A IDEIA É ESCREVER ESSAS MENSAGENS NOS DIAS FELIZES E LEVES, PARA ME AJUDAR NOS MAIS DIFÍCEIS)*.
12 ▸ LER ALGUMAS PÁGINAS DE UM LIVRO.
13 ▸ SAIR PARA CAMINHAR AO AR LIVRE.

PARTE 2

Como o mundo me vê

SÓ QUANDO ESTAMOS NO CÉU QUE ENTENDEMOS A FELICIDADE QUE OS PÁSSAROS SENTEM. ELES ESTÃO PELAS NUVENS TODOS OS DIAS. LIVRES, SOLTOS NO AR, COM OS CORAÇÕES ACELERADOS. ISSO É TÃO MÁGICO. QUANDO ESTOU TAMBÉM PELOS ARES, SINTO QUE, NAQUELAS HORAS, MEU CORPO E A MINHA CABEÇA ESTÃO NO MESMO LUGAR. É QUE EU VIVO VIAJANDO POR DENTRO. SONHOS, PLANOS, PROJETOS, DESEJOS, VONTADES. SOU FEITO DE QUERERES. MUITOS. MÚLTIPLOS. MEU TEMPO EM SOLO É SÓ PARA GANHAR MAIS IMPULSO PARA O PRÓXIMO SALTO. PARA O PRÓXIMO VOO. PARA ASSIMILAR AS PAISAGENS QUE OS OLHOS FOTOGRAFAM, QUE A MENTE GUARDA, QUE ELA PRECISA REGISTRAR. SOU UM VIAJANTE NATO. O PASSARINHO TATUADO EM MEU BRAÇO NÃO FOI POR ACASO. PELOS AVIÕES, CARROS, ÔNIBUS, ATRAVÉS DAS PALAVRAS. EU ESTOU SEMPRE VIAJANDO. INDO, VINDO, MAS NUNCA PARADO. SOU HIPERATIVAMENTE MOVIDO PELO FLUXO. E GOSTO DE SEGUIR O FLUXO QUE A VIDA ME OFERECE COMO DESTINO. A GENTE NUNCA SABE QUAL A PRÓXIMA PARADA, QUAL A PRÓXIMA ESTAÇÃO, QUAL A PLATAFORMA DE EMBARQUE. POR ISSO, SE ME PERMITE UM CONSELHO, ESTEJA SEMPRE DE MALAS PRONTAS PARA VIAJAR. MESMO QUE NÃO EXISTAM PASSAGENS COM DESCONTO, SE DÊ DE PRESENTE A OPORTUNIDADE DE VIAJAR. SER SEU PRÓPRIO MEIO DE TRANSPORTE NÃO CUSTA NADA. TUDO QUE VOCÊ PRECISA É SER A SUA MELHOR COMPANHIA. AÍ, AMIGO, QUALQUER LUGAR SERÁ UM DESTINO PARADISÍACO PARA AS FÉRIAS DE QUE O TEU CORAÇÃO SEMPRE NECESSITA.

SERÁ QUE A GENTE VAI ENCONTRAR ALGUÉM QUE ENTENDA ESSE PEITO EM ETERNA EBULIÇÃO, ESSA CABEÇA QUE NÃO DESLIGA UM MINUTO, ESSE RELÓGIO INTERNO QUE MARCA SEMPRE ATRASADO COM UM ALARME SOANDO SEM PARAR EM NOSSOS OUVIDOS?

VOLTA E MEIA ACHO QUE NÃO, MAS DURMO REZANDO PARA QUE SIM.

POR ONDE ANDAM AS PESSOAS INTERESSANTES?

Eu não sei por que as pessoas, às vezes, sentem vergonha de assumir que queriam ter alguém para dividir um potinho de açaí, um edredom, um sofá de dois lugares para ver um filme água com açúcar enquanto lá fora a chuva cai desgovernadamente e as nuvens se beijam causando raios, relâmpagos e trovões. Eu não sei por que as pessoas, às vezes, acham que querer alguém significa que você não é feliz sozinho. Que você está triste. Que você está se sentindo abandonado. E eu também não sei por que as pessoas, às vezes, acham que é errado sentir tudo isso. Como se todo mundo não sentisse. Como se todo mundo não quisesse. Como se todo mundo *não*. Eu sei que é errado generalizar. Alguns já estão abraçadinhos agora, enquanto eu só tenho quatro travesseiros na cama.

    Conviver com a ansiedade é desgastante em muitas áreas da vida, mas quando ela chega no quesito amor e começa a corroer esse espaço do peito, amigo, nossa, é dolorido demais. Porque parece que ninguém vai ser suficiente. Porque parece que ninguém nunca vai chegar. Porque parece que ninguém nunca vai entender a gente. Porque parece que a gente que não é suficiente para ninguém. Porque parece que a gente não vai chegar a lugar algum. Porque parece que se nem a gente se entende direito, que dirá o resto. É melhor desistir. É melhor parar de sonhar. É melhor desligar o coração. Eu só não sei onde. Eu só não sei como. Eu só não queria precisar fazer. Ainda bem que eu não consigo.

    Mas é dolorido.

    Mas é doloroso.

    Você sente um misto de "nunca vai acontecer" com "mas seria tão bom se acontecesse". E nisso a minha cabeça me sabota. E eu entro nas mais loucas viagens mentais. E eu penso em todos os motivos pelos quais não conseguirei ter alguém.

E a cada pessoa que surge, junto a ela, um milhão de outros motivos surgem justificando o fato de que eu não vou conseguir ficar ao lado dela. Seja por incompatibilidade nos gostos, assuntos, nas contas bancárias, nas visões de vida, de mundo, da política. Seja por algum motivo que, para mim, em certas ocasiões, já é motivo suficiente.

E tudo que a gente queria era aquele amorzinho de comercial de margarina. Era andar de bicicleta no parque em um domingo. Adotar um cachorro ou um gatinho junto e ficar escolhendo coleira, caminha e brinquedos coloridos. Era chegar cansado do trabalho e ganhar uma massagem. Ou fazer uma surpresa e comprar uns girassóis na volta pra casa. Ou ligar assim, no meio do dia, dizendo: "Te amo e só passei aqui porque a saudade foi demais, mas não quero te atrapalhar". É ir pro cinema ver filme ruim. É apostar quem come mais pedaço de pizza num rodízio. É amar comida japonesa junto e fazer aquela carinha de olhinho fechado e sorriso de canto de boca sempre que come um sushi que tem gostinho de céu, sabe? É isso. É tudo isso.

E a gente quer muito isso.

E a gente anseia por isso.

E a gente fica se diminuindo por não ter isso.

E a gente vê que todo mundo tem isso.

E parece que é todo mundo, menos a gente.

Na rua tem casais felizes.

Na internet tem casais felizes.

Na televisão tem casais felizes.

E a gente fica dizendo que ninguém é tão feliz assim.

E a gente fica dizendo que não é possível que eles sejam melosos assim.

E a gente fica dizendo que parece que tão forçando a barra.

E a gente fica dizendo que ninguém ama desse jeito.

E a gente fica dizendo um monte de coisa que prove para Deus e todo o mundo que a gente não está se contorcendo de inveja porque a gente é que queria ser par, ser um, um casal, uma família, um amorzinho lindo que caiba naquelas músicas românticas que a gente fica cantarolando enquanto toma banho imaginando o sorriso do outro, a cara do outro amassada acordando, o brilho no olho do outro quando a gente chega.

Mas... será?

Será que a gente vai ter isso?

Será que a gente vai viver isso?

Será que a gente vai encontrar alguém que entenda esse peito em eterna ebulição, essa cabeça que não desliga um minuto, esse relógio interno que marca sempre atrasado com um alarme soando sem parar em nossos ouvidos? Será que a gente vai esbarrar em alguém que aceite os nossos defeitos ou esteja disposto a nos ajudar a melhorar? Será mesmo que existe a pessoa que vai ser capaz de reparar na bagunça que eu sou por dentro e não vai querer sair correndo de medo dela e da minha intensidade?

E assim eu passo muitas das minhas noites.

Pensando.

Pensando.

Pensando.

Colecionando perguntas sem respostas.

Colecionando contatos na agenda do celular que não levaram a lugar algum.

Colecionando beijos aleatórios seguidos de um "a gente se encontra", mas, na verdade, a gente só se perde.

E vai ficando difícil de acreditar, sabe? Porque a cada novo encontro a gente se cansa mais um pouco. E fica cada vez mais complicado se mostrar. E fica cada vez mais complicado conhecer mais sobre o outro. E o outro. E o outro. Achando que uma hora vai ser o outro certo. Mas ainda não é esse. Nem o anterior. Nem aquele que tinha um beijo que encaixava perfeitamente, mas com quem eu não conseguia conversar por mais do que cinco minutos. E a ansiedade para ter alguém só aumenta.

E parece que todo mundo tem alguém, menos a gente.
Os nossos amigos estão namorado.
Os nossos conhecidos estão namorando.
Os nossos vizinhos estão namorando.
E a gente fica dizendo que é feliz mesmo assim.
E a gente fica dizendo que não gosta de tanto papo meloso, de grude.
E a gente fica dizendo que parece que todo mundo tá forçando a barra só para não ficar sozinho.
E a gente fica dizendo que não é capaz de amar desse jeito.
Tudo mentira.
A gente é capaz de amar.
A gente é capaz de sentir.
A gente queria muito amar.
A gente queria muito sentir.
Mas só não apareceu a pessoa certa.
Mas eu só não sei se existe a pessoa certa.
Quer dizer... Parte de mim é otimista. Parte de mim é realista. A segunda parte domina noventa e nove por cento do meu ser. Isso já deixa claro muita coisa, né? Só não responde à pergunta que eu me faço toda noite, antes de dormir, que se parece com o livro do meu amigo Daniel que diz: *Por onde andam as pessoas interessantes?*. Eu estou aqui.
Sozinho.
Nunca cama de casal.
Indo dormir.

SOU FEITO TAMBÉM DOS MEUS DESTROÇOS.
DE TUDO AQUILO QUE DEU ERRADO,
PRA DAR CERTO.

A GENTE TEM A MANIA DE SE ILUDIR DEMAIS

Eu poderia facilmente arranjar mil desculpas esfarrapadas, culpar o destino, a vida, as histórias que vivi. Olha, definitivamente, arranjar culpados nunca é difícil, mas aprendi que é mais bonito assumir toda e qualquer responsabilidade pelas coisas que faço. Sendo assim, me declaro culpado. Mereço toda e qualquer sentença por me permitir cair na tentação de criar expectativas.

Acho que a frase mais fingida que alguém pode dizer é: "Eu não crio expectativa alguma". Essa pessoa, com toda certeza, merecia um Oscar pela cara de pau. Não é fácil levar uma vida inteira sem esperar. É que acho que isso permeia os nossos sonhos, vontades, desejos. Remover a expectativa seria viver no automático. E Deus me livre de ser alguém que age como um robô. Insensível. Eu sou feito também dos meus destroços. De tudo aquilo que deu errado para dar certo.

O que preciso fazer é aprender a dosar o meu nível de inseguranças. Entendi, depois de muito me observar, que quanto mais expectativas crio, maiores são as frustrações porque deposito todas elas na caixa de Pandora que guarda os monstros do "não sou capaz", "não sou bom o suficiente". Tudo para me convencer de que a culpa pelas coisas não serem exatamente como eu gostaria que fossem é minha. Olha, querido eu interior, nada está sob nosso controle.

A gente tem a mania de se iludir demais. E eu até entendo. Acho que as ilusões são confortos. Elas criam o ambiente perfeito para que consigamos sobreviver fora da zona de conforto. Mas, à medida que vamos adicionando ao liquidificador os ingredientes – expectativas + inseguranças + ilusões –, não existe outro resultado final além da famosa vitamina de decepções. Não existe ser humano que consiga provar dessa iguaria sem ter cólicas emocionais. Sem chorar dois rios inteiros. Sem perder o controle.

Quem se prende à expectativa vive em prol de uma única realidade. Quem até cria, mas não se prende às expectativas, descobre um mundo muito maior de possibilidades. Entende que, na vida, tudo bem querer uma coisa, é saudável. Mas existem milhões de outras possibilidades. Às vezes, até muito melhores do que aquelas às quais a gente se agarra e nas quais acaba afundando.

QUANDO VOCÊ DESCOBRE SEU REAL VALOR, VOCÊ TAMBÉM DESCOBRE QUE MUITAS PESSOAS NÃO SÃO CAPAZES DE PAGÁ-LO.

EU CUSTO MUITO CARO

Antes de mais nada, quero deixar claro que a minha intenção não é romantizar, de nenhuma forma ou aspecto, as situações difíceis que você precisou enfrentar desde o começo da sua história até a página de hoje. O que falarei nas linhas seguintes é sobre como lidamos com o que nos acontece. Boa parte de tudo que nos atinge é de surpresa. Ninguém escolhe passar por certas situações. Diante disso, as únicas opções que temos é no agir diante daquilo. É no passo seguinte após o tropeço. A queda. Como e quando levantar.

Eu passei por muitas coisas durante a minha vida. Muitas mesmo. Do bullying aos finais de relacionamento. Da negação da minha sexualidade até conviver pacificamente com ela, comigo e com as pessoas que amo. E... nunca foi fácil. Acredito que para quase ninguém é. Estamos todos travando batalhas silenciosas. Alguns, no fim das contas, nem desconfiam que o sorriso que a gente estampa é para esconder uma lágrima que escorre sem que a gente consiga controlar. Sem que a gente consiga contornar o problema.

Mas, ontem, ouvi de Dayane, minha irmã de consideração, uma frase que me marcou muito. Ela é a responsável pelo "egoíste-se" do meu primeiro livro, *No meio do caminho tinha um amor*. A palavra-conselho que me serviu de chave para acessar partes trancadas do meu próprio coração. E Dayane é uma das minhas melhores amigas, desde que nasci, por isso a irmandade. O sangue, entre a gente, é o que menos importa. Alguns laços são maiores que esses. E, de tão fortes, nem mesmo as maiores adversidades, nem mesmo a distância, são capazes de desfazer os nós.

Voltando para a frase, ela me disse: "Viver é acumular experiências negativas e, um dia, se orgulhar de botar para foder". *(Perdão pelo palavrão, mas ele casou perfeitamente aqui.)* E estávamos, os dois, comemorando um dos passos mais significativos rumo à minha independência emocional, depois de tantas dores que o meu coração sofreu em cada um dos meus relacionamentos e relações com pessoas erradas, superficiais ou que não tinham profundidade o suficiente para lidar com a minha intensidade.

A verdade é que eu já fui muito machucado no amor. Acredito que boa parte da minha falta de estabilidade emocional venha daí. Eu me doo demais. Quando noto, já estou me esforçando exaustivamente para caber na vida de alguém que não faz a menor questão de sequer passear pelos meus dias. Mas eu não desisto. Tenho a paciência de um monge quando o quesito é me dedicar à persistência de ficar ali, onde considero confortável para mim.

O problema é que eu me adapto demais. Eu cedo demais. Aí, já é tarde demais. Para mim. Nunca para o outro. E, olha, posso te garantir, cem por cento das pessoas com as quais tive algum envolvimento emocional me machucaram. Eu saí arrancando farpas do meu peito depois de cada despedida. Isso quando, além de arrancar farpas, eu ainda precisava catar os cacos, colar os pedaços. Eu sempre gastei tudo que tinha com os caras que cruzavam o meu caminho e não fazia uma reserva de amor-próprio. Sempre faltava amor para mim. E eu precisava cavar novos poços no meu coração para encontrar o suficiente para sobreviver. E quer saber mais? Eu perdoei cento e um por cento das pessoas que me machucaram. Me tornei amigo ou, pelo menos, conhecido a ponto de cumprimentar gentilmente sempre que a vida resolve ser zoeira e me coloca frente a frente com esses seres abençoados *(preciso dizer que foi ironia?)*.

Mas este texto não é para falar de tudo que deu errado, mesmo eu já estando longe demais do começo dele para mudar o seu rumo. A gente passa muito tempo amando alguém, se doando, fazendo das tripas coração para atender a todas as expectativas do outro, para suprir as mais diferentes necessidades, para provar que somos aquilo de que o que o outro precisa, até que ele percebe que não é nada disso que ele quer e decide ir embora.

E a gente perde aquele relacionamento que era o nosso conto de fadas. Aquele relacionamento ideal, mas ideal só na nossa cabeça, porque, com o tempo, a uma distância segura daqueles beijos, braços, daquele cheiro que enfeitiça, percebemos quanta coisa errada existia ali. O quanto fomos negligentes com a nossa própria felicidade. O quanto deixamos na mão do outro a possibilidade de escolher qual o destino da nossa vida. Por qual caminho devíamos seguir para que continuássemos juntos e não nos perdêssemos no fluxo dos dias.

Mas nos perdemos. E a vida sempre arruma um jeito de terminar por nós, quando nós não temos coragem de fazer aquilo ou, pior, como no meu caso, não notávamos que já estávamos muito distantes dos nossos limites. Para que percebamos que éramos felizes porque fazíamos esforços gigantescos para que tudo ficasse bem. E, agora, isso precisa acabar.

Aí, então, a gente chora. A gente sofre. A gente acha que vai morrer. Mas não morre. A gente perde a fome, mas, aos poucos, ela volta. A gente perde o sono, mas, aos poucos, ele chega. A gente perde a vontade de sair, mas também, aos poucos, saímos. A gente perde a vontade de conhecer novas pessoas, mas, aos poucos, vai beijando novas bocas, tocando novos corpos, conhecendo novas camas, apartamentos, casas. A gente supera. E o passado deixa de atormentar. Mas uma coisa que a gente nunca mais esquece é o valor que tem. E esse aprendizado, amigo, é como andar de bicicleta – você nunca mais esquece.

Quando você descobre seu real valor, também percebe que muitas pessoas não são capazes de pagá-lo. Mesmo que você se oferte. Mesmo que você faça descontos. Mesmo que você divida em doze vezes sem juros. Ainda assim, aquele alguém, infelizmente, não tem um caminhão tão grande para suportar toda a areia que você é. E, em vez de permitir que essa pessoa dê mais de uma volta, você decide que não quer mais. Que não vai rolar. Que é melhor acabar.

Você acumula tantas experiências, que bota para foder. Lembra? E era isso que a gente estava comemorando. O meu basta. O meu chega. A primeira vez na vida, mesmo diante dos meus vinte e tantos anos, que eu terminei com alguém que não era capaz de suprir as minhas necessidades. Alguém que não se importava à altura comigo. Que não se esforçava. Que não dava o carinho, atenção que eu mereço. Alguém que, nitidamente, não se encaixava na minha vida. Mas... eu poderia ter continuado. Eu poderia ter aceitado pouco e fingido para mim, para Deus e para todo mundo que aquilo saciava a minha fome de paixão. Mas eu quero mais. Eu sempre quero mais.

E eu fui lá. Eu mandei mais um dos meus textões. Eu disse cada ponto do que me incomodava. Eu ouvi que não era possível mudar. Eu ouvi que era tudo que aquele alguém podia me oferecer. Eu disse: "Foi um prazer dividir tantos momentos bonitos contigo, mas ficamos por aqui". E eu terminei pela primeira vez na vida uma história. Logo eu. O que sempre foi deixado. O que sempre recebeu o pé na bunda. O que sempre disse sim para o outro, pela primeira vez, inverteu o jogo.

"E eu vi que eu podia mais
Do que eu sabia
Eu vi a vida se abrir pra mim
Quando eu disse sim
Eu disse sim pro mundo
Eu disse sim pros sonhos
E pra tudo que eu não previa
Sim pro inexplicável."

Queria, verdadeiramente, ter escrito esse pequeno poema, mas é um trecho que recortei de "Sim", música da Sandy. Acho que ela resume o que eu gostaria de dizer no finalzinho deste texto.

Você merece um amor do tamanho que sonha, do jeito que deseja, ou melhor, que supere todas as suas expectativas. E saber o seu valor faz parte de se abraçar. De se entender. De se aceitar. De perceber que quem não te tem como uma das prioridades, não tem que ser uma das suas. E que toda essa energia bonita, que todo esse amor, que todo esse carinho, que toda essa atenção que você dedica a essa pessoa, tudo isso pode e deve ser ofertado a você, por você mesmo. Então, não negligencie sua felicidade. Você tem valor. E ele é alto. E, só para reforçar – nem todo mundo pode pagar o quanto você vale.

MUITA GENTE NÃO NOS FAZ BEM. MUITA GENTE FAZ COISAS QUE NOS MACHUCAM. ÀS VEZES, NÃO É POR QUERER, MAS O FATO DE AS PESSOAS NÃO FAZEREM POR MAL, NÃO MUDA DUAS COISAS:

1- ELAS FAZEM;
2- NOS MACHUCAM.

NÃO ADIANTA INSISTIR EM ESTAR PERTO OU ACEITAR A DOR SÓ POR NÃO SER PROPOSITAL.

NÃO É POR MAL, MAS ME FAZ MAL

Tenho muitas coisas para dizer, mas não quero culpar ninguém. Não quero apontar. Pelo contrário. Eu só quero, de verdade, agir em legítima defesa dos meus sentimentos. Muita gente não nos faz bem. Muita gente faz coisas que nos machucam. Às vezes, não é por querer, mas o fato de as pessoas não fazerem por mal não muda duas coisas: 1) elas fazem; 2) nos machucam. Não adianta insistir em estar perto ou aceitar a dor só por não ser proposital.

Para falar melhor sobre isso, preciso usar um exemplo simples, mas corriqueiro *(e, de tão corriqueiro, vou falar sobre ele, mais uma vez, aqui no livro)*. Todo mundo já conviveu com uma pedra no sapato. Aquele grãozinho que entrou enquanto caminhávamos apressados e atrasados para o próximo compromisso. Aquela coisa pequenininha que incomoda enquanto estamos dentro do trem, do táxi, do ônibus, ou correndo para chegar a qualquer um deles e, por conta das circunstâncias, não podemos parar, tirar os sapatos e arrancá-la dali. Não podemos, de uma vez por todas, jogar aquela pedra no quinto dos infernos. E a verdade é que somos capazes de conviver com ela. A dor é razoavelmente suportável. O desconforto também. Sobrevivemos àquilo.

Algumas pessoas tóxicas são como pedras no sapato. Podemos suportar. Somos capazes de lidar com o desconforto. Sobrevivemos próximos a elas. A diferença é que, às vezes, nós não precisamos suportar, lidar e sobreviver. Nós podemos nos afastar. Podemos dar um basta. Podemos agradecer por tudo que vivemos até ali e definirmos que aquele é o nosso limite. Que, dali em diante, cada um seguirá por um caminho diferente. A gente se acostuma, mas não devia. A gente se adapta, mas não devia. A gente aceita, mas não devia. A gente pondera, mas não devia. Ou melhor, a gente não deve. A gente não precisa. No presente. No agora. No daqui a cinco minutos.

E eu sei que não é fácil.

Nunca é.

Se fosse fácil, ninguém precisaria passar por isso.

Mas chega uma hora que precisamos optar – ou nossa paz, ou a proximidade com aquele alguém.

E vou te contar uma história que aconteceu comigo, mas vou tentar pintar um retrato que não mostre o rosto do personagem. Eu não quero expor ninguém. Eu não quero dar nome aos bois. Eu não quero magoar os sentimentos dos outros. Eu só quero falar de tudo aquilo que eu vivi e me usar de exemplo na esperança de que você perceba os meus erros e não siga pelos mesmos caminhos. Eu só quero dar um alerta. E esse alerta servirá até para você me contestar e dizer: "A vida é minha, eu sigo por onde quiser".

Eu tinha um amigo. E não era qualquer amigo. Ele era O MELHOR AMIGO QUE UMA PESSOA PODE TER. Estávamos juntos o tempo todo. Todos os dias. Nas mais diversas horas do dia. Do acordar ao boa-noite. E fazíamos tudo juntos. Shows, compras, obrigações, ele me dava caronas, eu o levava para os compromissos, fazíamos listas para ver quem acertava mais vencedores do Oscar, Grammy; enfim, éramos carne e unha. Tampa e panela. Ferida e curativo. *(Eu sei que esse último exemplo foi péssimo, mas gosto sempre de colocar três, não sei por que, então não consegui pensar em mais um. Perdão.)*

Durante muito tempo seguimos vivendo um mar de rosas. Surfávamos ondas gigantes de cumplicidade, carinho e atenção. *(Reparou? Três coisas.)* Sabíamos que tínhamos um ao outro, mesmo que todo o resto do mundo estivesse ocupado ou deixasse de existir. Tínhamos um ao outro e aquilo bastava. E, de tão próximos, algumas pessoas achavam até que éramos irmãos. Eu realmente acho que quando duas pessoas ficam tão grudadas, elas passam a se parecer. Ouvi, outro dia, que quando as mulheres passam muito tempo juntas, até o ciclo menstrual delas se iguala. Não sei por que disse isso, mas achei que reforçaria a minha teoria.

Como qualquer relação, a proximidade, apesar de gostosa, gera desgastes. Brigas e discussões acontecem. Precisei até inserir as duas palavras, porque eu sempre dizia que a gente estava brigando. Ele sempre preferia o eufemismo de dizer que estávamos apenas discutindo. No máximo, conversando sério. O fato é que, em um desses bate-bocas, algumas verdades foram ditas. Algumas despedidas foram inevitáveis. E, de uma forma que dói em mim até hoje *(e parece que nunca irá sarar)*, aquela amizade acabou. Dissemos adeus aos nossos planos, projetos, às viagens que tínhamos marcado, aos shows que dissemos que veríamos juntos, dissemos adeus à rotina, dissemos adeus às diversas horas de conversa durante as diversas horas do dia.

E não foi fácil. Comi o pão que o diabo rejeitou até amassar. Precisei me reconstruir a duras penas, precisei de terapia, precisei de outros amigos, precisei me reencontrar comigo mesmo e reaprender quem eu era sem aquele amigo tão especial que dividiu momentos tão ímpares comigo. E o mundo girou. E girou. E os dias seguiram. E as semanas passaram. Os anos também. E, depois de um tempo, nos reencontramos.

É aí que eu queria chegar.

É neste ponto que quero nos usar de exemplo.

Imaginei que, depois que eu o tivesse perdoado por tudo que me fez, tivesse me perdoado pelos erros que também cometi, seria natural uma reaproximação. Seria aceitável reinseri-lo na minha vida. Atualizá-lo de diversos episódios da minha série de desventuras que ele não acompanhou. Enfim, retomar aquilo, talvez não como antes. Talvez não, não como antes. Mas como um novo laço. E eu tentei. Juro que tentei. Juro que me esforcei ao máximo para abraçar a pessoa que ele se tornou, e esse não foi o problema. O real lance é que... os abalos sísmicos nascem do choque entre duas placas tectônicas. E a nossa aproximação me causou um verdadeiro terremoto.

Todas as pessoas são fontes de energia. E, de uma forma que eu não sei explicar tão bem, me reaproximar dele me causou um mal-estar terrível. Parecia que toda a minha energia havia sido sugada. Parecia que todas as flores do meu jardim haviam murchado. Parecia que o meu céu estava nublado. E eu relutei para acreditar nisso. Como pode? Aquela pessoa me fez tão bem! Não deve ser isso. Não deveria. Mas foi.

Às vezes, é sem querer. Às vezes, é de propósito. Às vezes, é sem perceber. Às vezes, é com esse objetivo. Às vezes, é com uma palavra. Às vezes, com um gesto. Às vezes, é com um olhar. Às vezes, é sem nada. Mas as pessoas nos fazem mal. Seria inocente ignorar o fato de que existem pessoas tóxicas. Relações tóxicas. E eu já vivi muitas delas. Já vivi no ambiente de trabalho. Já convivi na minha família. Já passei por isso na rodinha de amigos. E nem sempre é fácil perceber. Mas, uma vez identificado esse mal, a gente precisa agir.

E sei que você está ansioso ou ansiosa para que eu diga como fazer isso. Bom, isso é pessoal e intransferível, mas eu, por exemplo, entendi que esse amigo não poderia mais permanecer nos meus dias. Deixei de sustentar os papos quando ele me procurava, passei a evitá-lo nas redes sociais, deixei de cruzar com ele nos eventos. Quando isso me aconteceu na família, tentei um diálogo para amenizar, para melhorar a relação, e passei a me blindar das palavras que frequentemente ouvia, mudando os assuntos ou nem sequer me permitindo entrar em alguns diálogos, uma vez que não poderia fechar a porta na cara de alguém que tem o mesmo sangue que eu. Quando isso me aconteceu no trabalho, infelizmente, a minha única saída foi a demissão. Chegou a ser insustentável respirar o ar denso que o ambiente tinha. E não foi fácil. Não foi rápido. Levou muito mais de um ano. Não é toda hora que existem vagas disponíveis em outras empresas. Na rodinha de amigos, bom, existem muitos amigos em uma roda, a gente pode optar por sentar ou permanecer de pé em outros lugares.

Eu não sei quem é a pessoa tóxica próxima a você. Eu não consigo, sem saber disso, te dizer exatamente o que fazer, também não sou capaz, por milhões de motivos, de te afirmar: "Faça isso". Na verdade, só quero, com este texto, que você entenda que não é culpa sua não se sentir bem ao lado de alguém que te faz mal. Não é falta de boa vontade. Não é falta de interesse. É que algumas coisas e algumas pessoas não nos fazem bem.

Se você sabe que algum lugar ou coração não te faz bem, saia. Não precisa anunciar a sua saída como alguém que está mudando de país e reúne os mais próximos para uma despedida. Dê passos para longe desse lugar ou coração, silenciosos. Procure estar sempre próximo a quem desperta o melhor que você pode ser, pois, do mesmo jeito que existem pessoas que te sugam a energia, existem outras que te recarregam tal qual celular na tomada. Do mesmo jeito que há aqueles que fazem as flores do teu jardim murcharem, existem os que não só te ajudam a regá-lo, como trazem a primavera para vê-lo florescer. E do mesmo jeito que existem pessoas que fazem o teu céu ficar nublado, existem aquelas que te emprestam um guarda-chuva quando os teus dias de tempestade chegam. Ou te fazem abrir um sorriso que ilumina mais o dia do que qualquer sol de verão.

MINHA MÃE SEMPRE DISSE QUE "CASA ARRUMADA É VIDA ARRUMADA". ACHO QUE É POR ISSO QUE SEMPRE QUE A VIDA APERTA, EU ARRUMO A CASA. TENHO A SENSAÇÃO DE QUE, ASSIM, ESTOU TAMBÉM ARRUMANDO A VIDA. NO ÚLTIMO DOS CASOS, PELO MENOS, ALGUMAS COISAS COM CERTEZA ESTARÃO NO LUGAR.

NÃO CUSTA TENTAR

Tive uma das piores semanas da minha vida. Absolutamente tudo – eu disse tudo – que poderia dar errado, deu. Até o meu computador, em que escrevo este livro que você está lendo, quebrou. Ele não ligava. Por nada. Do nada. E eu juro que tentei mil coisas para tê-lo de volta. E me desesperei. Berrei feito criança de colo. Metade do livro estava detrás da tela que não acendia. E eu não sabia o que fazer. Às vezes, dá um medo gigantesco de perder tudo que a gente já conquistou, né? E foi exatamente isso que estava sentindo. Que toda a minha plantação havia sido acometida por uma praga. Que ria enquanto devorava tudo aquilo que cultivei.

Foram dias angustiantes. Dias em que peguei no sono de exaustão de chorar. Dias em que eu dormia, tarde da noite, e acordava cedo para cumprir as minhas obrigações e parecia que eu não tinha sequer pregado os olhos. É que o melhor de dormir é sentir que seu corpo reiniciou, não é? E eu não sentia isso. Parecia que os meus pensamentos eram retomados exatamente de onde eu havia parado antes de cochilar. O cansaço só se amontoava feito as roupas sujas que jogo num balde, até ter tempo suficiente para lavá-las. E eu precisava fazer isso. Comigo. Não com as roupas.

Na sexta-feira à noite, depois que todas as minhas obrigações haviam sido cumpridas, resolvi que voltaria toda a minha atenção para mim. Que nada e nem ninguém ganharia mais as minhas palavras, os meus ouvidos, o meu olhar. Eu seria todo meu. E precisava garantir que não teria interrupções. Aproveitei que não tinha nenhuma tarefa para o sábado. Que não existia nenhum trabalho pendente. Nenhum encontro marcado. Nenhum amigo sem resposta. E desliguei a internet do celular. Eu não queria que nada tirasse a minha atenção. Eu precisava me reabastecer de mim. Eu precisava me reencontrar comigo mesmo.

Comecei, então, arrumando o meu apartamento. Coloquei uma música alegre, uma roupa leve e acendi um incenso em cuja embalagem estava escrito assim: limpeza espiritual, bons fluidos e bons pensamentos – era de sal grosso. Eu não sei qual a sua religião, não sei no que você acredita, mas gosto da paz que os incensos trazem. Gosto do aroma. Gosto de como eles se espalham pelo ambiente. Gosto da energia boa que eles deixam na casa, no quarto, na gente.

Lavei toda a louça acumulada, limpei o banheiro e o espelho que estava manchado, varri a casa inteira, reorganizei as almofadas e troquei toda a roupa de cama. Estava exausto. Já era madrugada. Mas minha faxina ainda estava longe de acabar. Ainda faltava o meu corpo. Tomei um banho extremamente quente e bem demorado. Com a mesma música leve ecoando. A luz de todos os cômodos apagadas e uma luminária acesa, que me deixava ver onde pisava, o que pegava. Não deixava o breu total dominar, mas não tinha o alerta gritante de uma luz incandescente imitando o sol.

Eu gosto dos banhos quentes. Eles são feito abraços. A água vai escorrendo pelo corpo, tirando as tensões dos músculos. Relaxando a rigidez do acúmulo de frustrações, inquietações, mágoas, notícias ruins, encontros ruins. Parece que me alivia o peso de existir. O peso de aguentar tudo que sou, por dentro e por fora.

Depois de massagear com um sabonete extremamente cheiroso cada parte do meu corpo, me envolver em uma toalha macia e me secar, escolhi o meu pijama mais confortável. Eu realmente não precisava de nenhum aperto além daqueles pelos quais já tinha passado durante a semana. Fiz um chá de camomila, erva-cidreira e capim-santo. Quem diria. Eu, que fazia bico quando criança para tomar chá sempre que qualquer virose ou desarranjo me acometiam, estou, por livre e espontânea vontade, esquentando água e mergulhando sachês. Acho que envelheci mesmo. Ou finalmente entendi que, às vezes, nem tudo que é bom para a gente é doce. Às vezes, é amargo. Às vezes, é difícil de engolir. Não é o caso do chá, mas da vida.

Dormi sem chorar. Já foi a maior das vitórias.

Deixei uma fresta da cortina entreaberta, porque queria acordar com a luz do sol invadindo o meu quarto. É que ele é absurdamente escuro. Se eu fechar o blackout e a porta, posso simular noite, mesmo que, lá fora, o sol do meio-dia esteja tão forte que seja capaz de fritar um ovo no asfalto. Não vou mentir – eu adoro isso. Adoro ter a noite a qualquer hora do dia. Às vezes, é extremamente reconfortante para o meu emocional. Mas, neste dia específico, eu queria que o sol viesse me desejar bom-dia.

E ele veio.

Ainda enrolei na cama por um bom tempo.

Mas levantei lá pelas dez.

Fiz um café da manhã com cuscuz. *(Se você nunca provou, é uma delícia típica de onde eu venho – o Nordeste – e é algo parecido com um bolo de milho num resumo nada fiel. Principalmente pelo sabor. É maravilhoso.)*

Depois de ter a minha barriga forrada, me permiti ler algumas páginas de um livro que estava ensaiando começar. Vi alguns episódios de uma das minhas séries favoritas e percebi que ainda poderia me cuidar mais. Passei creme de hidratação nos cabelos, coloquei uma máscara facial, aproveitei para aparar a barba, as unhas. Tratei de escrever mais um pouco. Isso tudo longe do celular. Isso tudo longe de qualquer gatilho. Isso tudo envolto em meu mundo. Isso tudo me oferecendo o amor de que eu precisava.

A melhor coisa que podemos fazer, às vezes, para espantarmos as bads, as crises de ansiedade e as energias ruins, é tirarmos um dia, pelo menos, para nos cuidarmos. Em todos os sentidos. Em todos os aspectos. Arrumar o nosso cantinho, zelar pelo corpo, pela alimentação. Tal qual zelar por um templo sagrado. Que é o que, de fato, o nosso corpo é – um templo. Ele é o meio de locomoção da nossa alma. Ele é a caixinha que guarda os nossos sentimentos, emoções. Sendo assim, precisa estar sempre bem cuidado. Não pelos outros. Não para os outros. Pela gente. Para nós mesmos.

Minha mãe sempre disse que "quarto arrumado é vida arrumada". E eu repito isso em todos os livros. Em diversos textos que solto pela internet. Acho que é na esperança de me convencer ou de convencer todos que me leem. *(Mentira. É que eu concordo MUITO com ela.)* Se nem o lugar onde a gente repousa o corpo para ganhar energia para as lutas do dia a dia é organizado e de aconchego, o que a gente pode esperar do nosso coração? É preciso faxinar tudo. Com uma certa frequência. Dos armários às relações. E é preciso também reservar um tempo para si. Sempre. Isso faz muita diferença nos dias ruins. Isso nos ajuda a ter dias melhores.

Agora estou em paz. Leve. Como a fumacinha do incenso que dança em minha frente enquanto escrevo isto. Experimente. Eu acho que pode te ajudar. E, caso não ajude a te acalmar, pelo menos, tudo ao seu redor estará no lugar. Não custa tentar.

(Obs.: quase me esqueci de falar, o computador foi salvo por um técnico. Sozinho eu não consegui. E muitos dos textos que você vai ler por aqui foram recuperados depois da pane. Respiremos aliviados.)

Todo corpo carrega uma história, mas nem todos conseguem perceber. Alguns, infelizmente, ficam presos às capas. Julgam antes de ler.

UM SORRISO SEM SOM

De frente para minha escrivaninha onde, neste momento, está o meu computador, existe uma janela. E digito cada palavra enquanto vejo o meu reflexo no vidro. Como a luz está baixa, com apenas uma luminária trazendo vida ao quarto, consigo, volta e meia, ver os meus olhos brilhando. A penumbra me deixa confortável. É como se nela, pelo fato de eu não precisar ser visto por completo, com todas as marcas e expressões à mostra, eu me sentisse em paz para ser eu mesmo.

Isso me fez pensar que talvez uma das maiores sensações de paz que alguém pode ter é a de ser visto sem se sentir avaliado ou julgado. E digo isso do alto do meu medo da rejeição. Do meu medo de não ser querido, de não ser gostado, de não ser desejado, de não ser percebido. Tenho verdadeiro pavor da sensação de que alguém está me olhando dos pés à cabeça. Sinto um arrepio percorrendo o meu corpo só de supor que alguém está tecendo qualquer tipo de avaliação sobre minha pessoa.

É que lutei a vida inteira para ser aceito. Na escola, na faculdade, nos trabalhos, nos grupos de amigos, na internet, pelas pessoas por quem estava interessado. E o "aceito", aqui, não como uma permissão para fazer parte. Eu queria que as pessoas me quisessem por perto. Sem aquela sensação de que eu estava incomodando, atrapalhando ou de que existiria alguém melhor para ocupar o meu lugar ali.

E eu não digo isso usando a voz do ego.

Não é que eu me sentisse superior.

Sempre foi o oposto.

Eu sempre tive uma autoestima tão ruim, mas tão ruim, que o meu medo era que todos percebessem que estavam apenas perdendo o seu tempo comigo. Que logo eles encontrariam um amigo mais divertido, um namorado mais bonito, um funcionário mais competente.

E os motivos mais bobos já eram suficientes para que eu me colocasse para baixo e me escondesse. Às vezes, não de forma literal – é que algumas crises já me impediram de sair, de ter encontros, de ir a shows, ver os meus amigos, mas, em outras, o "esconder" era disfarçado para ninguém perceber. Acabei me tornando mestre em disfarces.

A minha voz já foi um motivo.

O meu sorriso já foi um motivo.

E eu os explico.

Lembro claramente quando o Instagram lançou a ferramenta "Stories". Todo mundo passou a compartilhar as suas fotos, as músicas que estavam ouvindo, paisagens e vídeos. Eu sempre tive pavor de vídeos. É que nas fotos eu estudava quais os ângulos me favoreciam. Sabia exatamente qual o lado do meu rosto me agradava mais, em qual posição a câmera deveria estar para que eu conseguisse me sentir confortável numa imagem, mas o vídeo envolvia outra coisa – a minha voz. E eu sempre odiei a minha voz. Eu tinha vergonha dela. Tudo por conta da homofobia que sempre sofri. Diziam que a minha voz era afeminada. E disseram tanto, que custou muito para conseguir gravar o meu primeiro vídeo falado e compartilhá-lo com quem me acompanhava. Com quem queria me ouvir falar sobre o que eu pensava sobre a vida.

E eu sei que parece uma besteira gigantesca.

Parece.

Mas, para mim, não era.

Era como se a minha voz fosse o símbolo da rejeição que as pessoas sentiam por mim. Então, pela minha lógica, se eu não falasse, se elas não conhecessem o som que saía da minha boca, elas gostariam mais de mim assim.

E não parava por aí.

Eu tenho vergonha de sorrir também.

E vou usar isso como o segundo exemplo.

Usei aparelho ortodôntico por uns doze anos. Isso mesmo.

Coloquei com catorze anos e tirei com vinte e seis. Uma vida inteira, posso assim dizer. No começo, não sorria por vergonha dos meus dentes. Eu tinha dentes muito tortos. Depois, fui me olhando no espelho e odiando a imagem daquele adolescente desengonçado com um sorriso metálico. Por isso, passei a sorrir de boca fechada, a tapar o rosto com a mão quando sorria, a não mostrar os dentes nas fotos. Isso podou a minha espontaneidade de uma forma tão grande, que, quando eu tirei o aparelho, já não sabia mais como sorrir naturalmente.

Você percebe os mínimos detalhes de como o medo de ser rejeitado me atrapalhou? E parecem coisas tão pequenas, tão bobas, mas elas estão por aí, em todos nós. Nos limitando, nos impedindo de viver uma vida leve. Pelo contrário. Nos deixam com alarmes soando na cabeça, com sensores de comportamento vigiando as nossas ações, as nossas relações.

E digo que são detalhes mínimos, porque muitos dos meus amigos também possuem as suas particularidades nesse sentido. Eu tenho uma amiga, por exemplo, que odeia tanto os pés dela, que não consegue usar sapatos abertos. E um amigo que na adolescência tinha um carocinho na base do pescoço, fez uma cirurgia para removê-lo e ficou com uma cicatriz que ele tenta esconder o tempo inteiro, puxando a gola da camisa para cima. Outra amiga, por exemplo, não se sente confortável com as suas orelhas, por isso usa cola de cílios para prendê-las na cabeça.

Eu poderia listar uma série de coisas que, para os outros, são mínimas, mas, para nós, são extremamente limitantes, porém prefiro dizer que se você passa por isso, eu te entendo. Sinta o meu abraço daí. Não é fácil lidar com esses bloqueios, com essas barreiras que, às vezes, são muito difíceis de serem transpostas. Mas, além de te abraçar, quero te estender a minha mão. Quero te dizer que todas as pessoas que acharem que qualquer coisa no seu exterior é mais importante que o seu interior não são pessoas que você deveria manter por perto.

Confesso que já passei diversas horas pesquisando como engrossar a voz. Confesso que já fiz até cirurgia para diminuir a minha gengiva, ter dentes maiores e, assim, supostamente mais bonitos para me sentir mais confortável em sorrir, mas nada disso adiantou.

Eu só consegui respirar mais aliviado quando me abracei, me aceitei e entendi que tudo isso faz parte de quem eu sou. Que a minha voz é única e que ninguém, em todo o mundo, tem o mesmo timbre que o meu. Nenhuma das mais de sete bilhões de pessoas que habitam este planeta emite o mesmo som que eu pela garganta. Entendi que o meu sorriso não é formado só por um conjunto de dentes expostos por uma abertura na minha boca. O meu sorriso é o que os meus olhos dizem, são as covinhas que as minhas bochechas fazem. E que o significado de sorrir vem muito mais do que a gente sequer vê, mas o coração sente.

E a gente pode trazer analogias e ressignificados e novos olhares para todos os detalhes de todas as partes do nosso corpo que sentimos que nos limitam de, teoricamente, sermos aceitos pelos outros, mas... não sei se precisamos nos estender. Talvez fosse mais fácil encerrar este texto propondo um único pensamento:

Se alguém estiver disposto a ignorar tudo de bonito que eu carrego dentro de mim e que não é visível aos olhos, por qualquer coisa que eu carregue por fora de mim, quem perde não sou eu. Pelo contrário. Eu agradeço imensamente por esse alguém se manter afastado. Eu não preciso de ninguém tão raso assim por perto.

NUM MUNDO TÃO ARTIFICIAL E REPLETO DE LIKES, QUEM POSTA FOTOS SEM FILTRO É REI.

OBRIGADO POR NÃO ME JULGAR

Depois de diversas fugas de mim, hoje, aquela última gota que bastava para que o copo transbordasse caiu. Eu preciso falar sobre isso para que eu entenda as causas e até mesmo as consequências de tais atos. De tais ações. E, apesar de atos simples, que, ao meu ver, nunca foram tão prejudiciais a mim, pelo menos no campo consciente, percebi que tinha passado de todos os limites "aceitáveis". E, agora, olho para trás e percebo que nada, em tudo isso, beirava a aceitação.

Não é fácil se expor. Não é fácil se mostrar. Não é fácil dizer assim: "Eis aqui quem eu sou". Eu, pelo menos, sempre tive muito medo do julgamento, da má interpretação, da condenação. Eu sempre tive medo de não ser querido. De não ser aceito. De não ser gostado. E isso esbarrou em diversos aspectos da minha personalidade. Caminhando nessa linha de raciocínio, eu pergunto: qual o lugar onde a gente mais se mostra na atualidade? E respondo por você: na internet. E ela é o meu calvário e a minha absolvição.

Há poucos minutos, tirei uma foto simples, sem a menor pretensão de nada, mas achei que ela estava tão bonita, tão delicada, que deveria ser vista pelas pessoas que gostavam de mim. Foi no momento em que decidi compartilhá-la que tropecei nos meus atos e caí em mais uma armadilha da insegurança. Era uma foto minha vestindo calça jeans, dessas azuis, tradicionais, calçando meias brancas com listras pretas *(ou eram pretas com listras brancas?)*, em cima de um tapete também preto e branco, mas com formas geométricas e um pedaço da minha mesinha de centro, também preta, que abrigava o meu girassol. Um ponto lindo de caule extremamente verde, com delicadas pétalas amarelas.

O ângulo da foto era como se estivesse vendo essa cena de cima. O enquadramento dava conta de um pedaço das minhas pernas, pés estrategicamente colocados tortinhos, para expressar fofura, e a plantinha ali, roubando toda a atenção. Até aí, tudo bem, não é? Acho que você conseguiu captar a essência da imagem. Acho que você conseguiu até achá-la bonita, diante do que imaginou. Eu também, mas depois de diversos retoques.

Consegui achar defeitos naquela cena que não me expunha a vulnerabilidade alguma. Consegui perceber falhas que nem mesmo de perto seriam consideradas falhas pelo mais criterioso olhar. Mas eu já estava, ou ainda estou, viciado em querer demonstrar uma perfeição que não existe na vida real. Eu, de uma forma que não me orgulho, acabei me tornando um expert em edição de imagens. Em combinar ângulo, luz, filtros e uma série de correções para aparentar mais agradável. Só que, a essa altura, já não sei mais se faço isso para agradar o mundo ou a mim mesmo.

Nesse minuto, acabei de parar de escrever, colocar as duas mãos nos olhos, respirar fundo, secar um pouco das lágrimas e retomar a escrita. Não é fácil assumir isso. Não é fácil deixar cair a ficha de que se eu edito até uma simples foto do meu pé, eu já rompi diversas barreiras de não aceitação. De que uma represa inteira de medo do julgamento já se esvai dentro de mim.

Fiz tudo para deixar a imagem mais "bonita". Arrumei umas coisas no meu pé, que quase não possui cavas e fica num formato meio desengonçado, apaguei todas as sujeiras do tapete, da meia, alguns amassados da calça, reenquadrei o ângulo e senti uma inveja fora do normal do meu girassol, que não precisou de nada para continuar roubando a cena. Ele continuava num verde exuberante e num amarelo repleto de vida. Todo o resto seguia uma escala de cinza, que desbotava à medida que eu pensava sobre ter feito isso.

E foi assim com todas as minhas fotos. Sempre tinha alguma coisa que eu queria inflar, reduzir, recortar, apagar, enquadrar melhor. Sempre tinha alguma coisa que sobrava. Alguma coisa que faltava. Alguma coisa que eu mesmo usava para me condenar. Mas eu já estou cansado. É extremamente desgastante tentar parecer algo que não sou. Porque você fica se esticando para caber ali, quando o melhor seria apenas mostrar quem você é de verdade. E sim, eu sei que digo isso o tempo todo, nos textos, nas frases, nos livros, mas não é fácil nem mesmo para mim. E toda vez que escrevo sobre isso, como agora, é uma forma de me autoaconselhar. Uma forma de me dizer o que eu preciso fazer e de buscar também forças, através das palavras, dos comentários e mensagens, de pessoas que passam pelas mesmas coisas que eu.

Foi levando também isso para a cadeira da minha psicóloga *(sim, cadeira, eu não gosto de sentar no divã, pois não me sinto confortável naquela posição)* que comecei a entender mais sobre dismorfia corporal. E, se você nunca ouviu falar sobre isso, vou comentar um pouco, para te explicar, de fato, quem eu sou, como eu vivo e como tudo isso reflete na minha vida.

A dismorfia corporal é um transtorno mental cujo sintoma principal é um desconforto gigantesco com a própria imagem. E acontece em homens, mulheres, em todo mundo. Não tem idade específica, mas percebi que isso começou em mim bem na adolescência.

Falar disso me faz lembrar de um rapaz que conheci no Tinder. A gente já conversava fazia um tempo e resolveu se encontrar pessoalmente para tomar um café. Logo de cara, percebi que ele também era um tanto diferente das fotos que havia visto. Não julguei. Pelo contrário, achei que ele passava pelas mesmas coisas que eu. Sabe quando você encontra alguém que tem os mesmos pensamentos que você considera que só você tem e se sente muito mais confortável em estar ao lado dessa pessoa? Então... Eu estava enganado, pelo menos, em partes. Ele até poderia não lidar tão bem com o próprio corpo, mas foi extremamente cruel comigo.

No meio da conversa ele me olhou, soltou um sorriso de canto de boca e disse a seguinte frase: "Você sabe usar o Photoshop, né?" – e eu juro, queria só pedir a conta e ir chorando até em casa, porque aquele comentário me cortou ao meio. Não é fácil lidar com as inseguranças, ainda mais se elas são expostas na sua frente, por um desconhecido, que nitidamente passa por problemas parecidos e, em vez de encarar isso, prefere apontar as angústias alheias. Mas eu sempre fui duro na queda. Dei uma golada no café, olhei de forma incisiva para ele e respondi: "Sei sim, muito bem, por sinal, aprendi na faculdade de comunicação, mas percebi que você também, não é? Mas por que a pergunta?". Ele ficou muito desconcertado, acho que não esperava essa resposta, sorriu e brincou: "Bom saber, assim posso te pedir ajuda com algumas coisas quando precisar, para os meus trabalhos como publicitário". Não tardei a conseguir uma forma de encerrar o encontro e ir embora. Sem sequer beijá-lo. *(E ele segue, regularmente, me mandando mensagens, desde então.)*

Olha, eu só queria mostrar o meu girassol para o mundo e já acabei revelando muito mais do que gostaria, mas sinto que é importante falar sobre essas coisas, pois acredito que alguém que está lendo este livro, neste segundo, também pode passar por isso. E sei que, às vezes, a gente cai em verdadeiros limbos emocionais por coisas que ouvimos sobre o nosso corpo, cabelos, sobre a nossa pele, sobre a nossa orientação sexual. Eu tenho amigos e amigas que dividem comigo as mais diversas situações angustiantes por conta de outras pessoas que não tinham o mínimo de empatia, bom senso e educação.

E, falando ainda em dismorfia e nos meus amigos, me incluindo em tudo isso, posso listar uma série de coisas que começaram a acontecer com a gente. Tenho um amigo que passa três horas na academia, indo até duas vezes no dia em busca de um corpo malhado e que chora compulsivamente sempre que se rende a comer uma pizza. Uma amiga que começou a provocar o vômito por causa de uns colegas gordofóbicos da faculdade. Uma outra que simplesmente deixou de comer e desmaiou no meio da rua porque não conseguia perder peso com a dieta proposta pela nutricionista e preferiu seguir receitas que viu na internet. Enfim, eu poderia listar uma série de exemplos.

Eu mesmo excluí o aplicativo depois desse encontro específico. Fiquei travado para encontrar pessoas novas e só consegui voltar a fazer tudo isso depois de conversar por horas com a minha terapeuta sobre o que tinha acontecido. A gente ouve coisas que para quem diz são simples, mas que provocam verdadeiras revoluções dentro da gente. E, em certos dias, ouvimos dezenas de elogios, mas parece que eles não ficam armazenados em nossa cabeça feito críticas, observações infelizes ou atos falhos das pessoas.

Enfim, eu só quero te dizer que em uma das conversas com essa minha psicóloga ela me disse que eu precisava me olhar no espelho, todos os dias, e tecer uma série de elogios sobre o que eu estava vendo. Que eu deveria olhar, principalmente, para as partes do meu corpo que mais me incomodavam e tentar ressignificar tudo aquilo. Ela disse que eu precisava me ver com mais amor. Que eu precisava entender que o meu valor não estava na minha carcaça, e sim em tudo aquilo que eu trazia por dentro. E... tem surtido efeito.

Acho que se eu quero passar uma mensagem melhor para as pessoas, sejam elas as que leem os meus textos ou as que estão ao meu lado, preciso ser real. E não é que eu seja uma farsa. Não é que eu tenha mentido até aqui. É que eu sempre recortei a minha realidade para que ela fosse mais bem-vista aos olhos de quem me assistia.

No mais, já falei demais por agora. Se for possível, me abrace. Acho que é a melhor forma de mostrar que você me entendeu. Mesmo que estejamos longe um do outro agora. Feche os olhos, me mande um abraço daí, que eu vou senti-lo e retribuirei daqui.

Obrigado por não me julgar.

Não é todo mundo que tem paciência para atravessar uma crise de ansiedade contigo. Que sabe que te ouvir é mais importante que falar.

Que entende que fechar os olhos e te colocar para deitar em seu peito é melhor do que ficar com os dois olhos arregalados em cima de você.

PODE SER COM A LUZ ACESA, AMOR

Autoestima não é o meu forte. E eu já passei da fase de fingir que me sentia confortável com os desconfortos. Antes, sempre que alguém fazia alguma piada com algo relacionado à minha imagem, eu ria junto, fazia graça. Ouvi uma vez que quanto mais você se importa com a "brincadeira", mais eles brincam com você. Só que eu cresci e vi que piadas com as vulnerabilidades alheias não têm a menor graça. E parei de rir. E parei de me autodepreciar para fazer parte das rodinhas de amigos. E parei também de dizer que estava me sentindo bem com aquelas situações. Eu não estava. Eu nunca estive. Eu nunca estarei.

Comecei falando de autoestima, porque é sempre ela que me fisga. Ou pior, a ausência dela. Sabe quando naqueles desenhos animados um personagem cava um buraco bem fundo e cobre com folhas, para o outro cair quando correr em sua direção? Então. É essa a minha relação comigo mesmo. Eu cavo o buraco. Eu caio nele. E o pior de tudo: eu mesmo preciso me tirar de lá.

Conversando, hoje, com um amigo, descobri que nós dois temos a mesma relação com flertes, mas estamos em extremos opostos. Ele idealiza demais os caras pelos quais se interessa. É como se fossem verdadeiras obras de arte, que ele esculpe cuidadosamente, para que nada fuja do que ele imagina ser ideal. Mas ele não passa daí. Ele não os convida para sair, jantar, beber uma cerveja num barzinho de esquina, porque é mais confortável ter toda aquela "perfeição" distante. De perto, ninguém consegue atender a tantas projeções assim.

Já eu, procuro me interessar pelas pessoas mais aleatórias e diferentes de mim possíveis, porque sei que não serei querido de volta por aqueles pelos quais me interesso de verdade. Descobri na terapia que isso é uma crença de desvalor. Ah, se você nunca fez terapia, ou nunca ouviu nada sobre isso, as crenças são parecidas como as raízes de uma árvore. São tipos de pensamentos bem profundos que a gente nem sempre percebe que existem, mas eles tão lá sussurrando em nossa mente. E a de desvalor é basicamente autoexplicativa – eu não acredito que valho muito. É como se eu participasse de uma corrida e nem desse o melhor de mim, porque já aceitei que chegarei em último. Saio da largada com esse pensamento. Dou passadas com esse pensamento. E, de tanto estar preso a ele, chego, de fato, em último. E é por isso que me pareço com o meu amigo. Eu também não me movo para sair com as pessoas que verdadeiramente me interessam.

Quer dizer... às vezes, consigo me libertar dessa crença, tomar atitude e chegar na pessoa pela qual me interesso, de fato. E enquanto metade de mim faz isso, a outra metade fica como um narrador de futebol com um balde gigantesco de pipoca comentando: "Olha, chegou mais perto; o crush demonstrou interesse; ih, que merda você disse, hein?; é, não vai rolar; EITA, VAI ROLAR, SIM; CARAMBA, ELES TÃO SE BEIJANDO; OOOPA, O CLIMA TÁ ESQUENTANDO; JÁ TÁ PEGANDO FOGO!!!!!!; EU NÃO CREIO QUE VAI ROLAR GOL!; na trave".

(Esse último parágrafo me lembrou de uma história tão pessoal, mas tão pessoal, que eu já peço desculpas a minha mãe, que está lendo este livro, pela falta de filtro, vergonha na cara e senso por falar de coisas íntimas assim, mas o estou vendo como um diário, então, como não tem ninguém com cara de julgamento em meu quarto enquanto digito estas palavras, me sinto extremamente livre para não me sentir constrangido em falar. Depois que alguém ler e comentar sobre isso comigo, precisarei fingir um desmaio.)

Eu já estava ficando com um menino fazia um tempo. Só que eu sou a pessoa mais difícil do mundo para ir para a cama com alguém. O primeiro motivo é porque eu realmente acho que sexo é uma troca de energia muito forte. E não é com qualquer um que eu acho que a gente deva trocar energias. O segundo motivo é que eu realmente preciso me sentir muito seguro de estar com aquele alguém para tirar a roupa. Ficar nu é a total ausência da zona de conforto. É estar exposto a um nível máximo de vulnerabilidade.

Seguindo com a história...

E ele me chamou para assistir a um filme na casa dele. Neste momento, eu preciso confessar que fui a pessoa mais inocente do mundo. Sim, pode rir, dizer que não acredita, que não é possível, mas eu achei que apenas veríamos um filme. Eu não vi ou senti conotação sexual. Eu achei que a gente passaria algumas horas abraçados, com alguns beijos, uma comédia romântica e depois: "Olha, tá na minha hora, vou indo, tá?". QUE TROUXA! Cheguei e a gente nem sequer ligou a televisão. E os beijos foram ficando mais demorados. E as mãos estavam fazendo city tour pelos corpos. Mas, quando as roupas estavam quase saindo para passear, eu travei. Eu congelei. Eu não conseguia me mexer direito. Você já sentiu aquela fisgada na coluna que o faz não conseguir se mexer? Parece que jogaram cimento no seu quadril e ele solidificou? Então. Eu entrei em curto-circuito. Eu não estava preparado para o que, aparentemente, estava para acontecer. E tudo aquilo me causou uma crise de ansiedade.

Por sorte, eu estava com a pessoa certa. E digo isso porque não é todo mundo que tem paciência para atravessar uma crise de ansiedade com você. Que sabe que ouvir é mais importante que falar. Que entende que fechar os olhos e colocá-lo para deitar em seu peito é melhor do que ficar com os dois olhos arregalados em cima de você. Que percebe quando você não está no seu melhor momento, mas te quer junto mesmo assim.

E a gente foi conversando.

E eu fui me abrindo.

E nós dois caminhamos para as conclusões pelas quais tudo aquilo aconteceu...

Sabe aquela pessoa que materializa tudo que você deseja em alguém? Aquela pessoa que você olha e diz: "Tem meu número!", e que se encaixa feito roupa sob encomenda? Então. Era ele.

Por dentro. Por fora. E aquilo me assustou. Fui honesto e disse: "A tua beleza, toda ela, me intimida". E era exatamente assim que eu me sentia – intimidado.

E ele me abraçou.

Ficamos um tempo em silêncio.

Nossas respirações ecoavam pelo quarto.

Até que ele disse: "Eu não quero que o meu corpo ou nada em mim te intimide. Tudo isso é só uma forma de me conectar a você. De ligar o que eu trago aqui por dentro ao que você também traz aí por dentro".

E nosso papo continuou.

E eu aprendi mais sobre ele.

E percebi que, por detrás de um dos caras mais bonitos que já vi e beijei na vida, existia um ser humano com diversas fragilidades também. Que possuía tantas inseguranças quanto eu. Que passou por muitos dos meus dilemas. Que enfrentou tantos preconceitos quanto eu. Que durante a adolescência pensou em desistir da vida. Que lutou contra as complicações na saúde que a obesidade causou na mesma época. Mas que tinha um olhar bonito demais para a vida. Que ligou a televisão e perguntou se eu tinha visto o seu filme favorito e ainda tocou piano para mim na manhã seguinte, enquanto eu tomava café.

A autoestima ainda não é o meu forte. Mas, em alguns dias, consigo conviver confortavelmente comigo mesmo. E, depois de muito transar com a luz apagada, sempre à noite, temendo que alguém visse as estrias que o crescimento deixou em minhas costas e eu sempre lutei para esconder ou apagar, percebi que todas as marcas fazem parte da minha história. Que eu não preciso ter vergonha do meu corpo ou me sentir superior ou inferior a ninguém que tenha um corpo diferente do meu.

Não é fácil se amar todos os dias.

Não é fácil se olhar no espelho e se querer bem todos os dias.

Não é fácil.

Mas eu estou tentando.

Quero chegar no conforto emocional de me abraçar cem por cento.

Quero chegar no conforto emocional de me permitir tirar a roupa e não travar.

Quero chegar no conforto emocional de me sentir em paz comigo mesmo.

E eu vou.

E nós vamos.

Eu e você.

É uma promessa que eu nos faço.

Eu não vou me rejeitar por não caber no seu padrão. O MEU É SER FELIZ.

CORPO DE PRAIA

Eu menti. Quero começar dizendo que não fui honesto, não fui verdadeiro e que se você me viu dizendo isso ou leu em algum lugar, perdão. Eu nunca tive coragem o suficiente para assumir algumas coisas e, por isso, sempre criei histórias que eram mais fáceis de ser contadas para lidar melhor com as situações. Quer dizer, isso não é lidar com nada. Isso é fingir. Isso é se enganar e tentar enganar outras pessoas também. Isso não é legal, mas tudo tem um motivo e, prometo, você não sairá deste texto sem entender o meu.

A verdade é que eu sou apaixonado por praia.

Eu amo.

Muito.

Com todas as minhas forças.

Mas eu, poucas vezes, fui à praia de verdade.

E sim, eu sei, tenho dezenas de fotos na praia por todas as minhas redes sociais.

Mas eu disse que menti.

Não disse como.

Mas já te explico...

Sempre disse para os meus amigos, para as pessoas mais próximas, que gosto da praia, mas prefiro apenas ficar sentado na areia ouvindo o barulho das ondas e sentindo a brisa. Sempre disse que odeio a água salgada, que faz meu olho arder e deixa meu cabelo embaraçado. Sempre disse que preferia ir para as praias mais distantes e menos famosas, porque eram menos cheias e a gente podia aproveitar mais, sem ter que disputar espaço com ninguém.

Eu menti.

Sempre preferi ficar sentado na areia e apenas ouvindo o barulho das ondas, porque eu não precisaria vestir só uma sunga para isso.

Sempre disse que os meus olhos ardiam e o meu cabelo embaraçava, mas isso nunca, nem de longe, de fato, me incomodou. Conviver com isso era algo tão fácil...

Sempre dirigi por mais tempo para praias desertas, porque ali só teriam olhos conhecidos me "julgando".

Uma vez, por exemplo, inventei de usar aquelas camisas de mangas compridas e proteção contra o sol, com o pretexto de cuidar das minhas sete tatuagens. "É para elas não desbotarem", eu fingia.

E, por falar em mangas compridas, isso me lembra de outras épocas da minha vida quando, mesmo em terra firme e longe da água, eu já rejeitava o meu corpo e tentava escondê-lo de todas as formas possíveis.

Morei durante vinte e sete anos da minha vida na Bahia, e não precisa de muito esforço para saber que lá é quase sempre verão. O ano inteiro. O calor tira pequenas férias. Às vezes, de algumas horas, apenas. Mas eu ia para a faculdade de camisa de manga comprida. Às vezes, até com duas. Uma estampadinha por dentro e uma quadriculada por fora. Fingia que era estilo. Fingia que era moda. Fingia que não era para me esconder. E sempre que alguém perguntava: "Você não sente calor, não?", eu respondia: "Juro que não estou achando quente". Mas a temperatura era superior a trinta e sete graus.

E eu usava manga longa porque sempre fui muito magro e peludo. E alguém na escola, uma vez, me disse que isso era nojento. Pronto. Foi o suficiente para fazer o download de mais um complexo de inferioridade e instalá-lo com sucesso na minha memória. E, acredite se quiser, tomei uma atitude "drástica". Tão dolorosa que quase sinto a minha pele arder só de imaginar. Inventei uma desculpa esfarrapada para minha mãe, pedi para ela me levar a um salão de beleza de uma conhecida dela e disse: "Moça, raspa!". Sim, eu depilei os meus dois braços inteiros com cera quente, porque era a forma mais rápida de eu me livrar de tudo aquilo que causava nojo em alguém.

Você consegue imaginar a dor?

Sim, eu tenho muito pelo.

Sim, levou algumas horas.

Não, eu não derramei uma lágrima.

O motivo? Eu queria tanto aquilo, que aceitava o preço que precisava pagar. Eu era só um adolescente tentando se entender com o fato de que ouviu de alguém que o seu braço causava repulsa. E todo mundo que eu olhava mal tinha pelos. Nas novelas. Nos filmes. Nos comerciais. Nas revistas. E, claro, apelidos. Sempre existem eles. Sabe o Tony Ramos? Então. Prazer!

É claro que não daria muito certo essa ideia. Primeiro, porque pelos crescem. Segundo, porque alguns deles nascem desregulares. Terceiro, porque esse nascimento desregular provoca irritações na pele. Resultado: pelos encravados nos meus dois braços, litros de creme hidratante e tubos de pomadas.

E assim eu fui crescendo.

Me escondendo.

Até que, na terapia, comecei a conversar sobre isso.

E fui tentando entender que eu não era melhor ou pior por não ter o mesmo corpo das pessoas da televisão, das revistas, dos outdoors. Que eu não precisava ter vergonha dos pelos do meu corpo, porque isso não me diminuía em nada. E fui dando pequenos passos para conviver melhor comigo mesmo. O principal deles foi procurando referências. Buscando pessoas que falassem sobre a importância de se sentir bem em ser como se é. E que, no fim das contas, isso é que deveria estar na moda. E não padrões estéticos que batem a porta na cara de diversas pessoas.

E digo diversas, porque eu precisei lidar com muitos apelidos pejorativos, mas muitas outras pessoas lidam com outras questões. Por conta do peso, por conta da pele, por conta da orientação sexual, por causa de algum tipo de deficiência. E eu só queria poder abraçar cada uma dessas pessoas e dizer: "Por mais que eu não passe pelo que vocês passam, sinto muito por todos os apelidos que já colocaram em vocês, por todas as risadas condenatórias que direcionaram a vocês e por todas as vezes que disseram que sentiam coisas parecidas com nojo, por vocês serem quem vocês são. E eu admiro você, que está do outro lado do papel, da forma que for".

Depois de dizer isso, quero compartilhar algumas vitórias, mas, antes, quero frisar que uma das coisas que mais me ajudam, além de falar na terapia sobre isso, é acompanhar pessoas que desconstroem os padrões impostos pela sociedade nas redes sociais. Pessoas que se mostram de verdade. Pessoas que se parecem com pessoas de verdade, e não com bonecos de cera. Pessoas que servem de referência para mim. E eu acredito muito na força da representatividade. Principalmente para as minorias, que são os grupos marginalizados de uma sociedade, seja por aspectos econômicos, sociais, culturais, físicos ou religiosos.

(Não deixe de buscar pessoas que sejam referenciais bons para você. Por favor.)

E, voltando a falar das minhas vitórias, quero dividir que hoje adoro os meus pelos. Que consigo sair inclusive com camisetas, com camisas desabotoadas nos três primeiros botões *(antes eu fechava até o último)*. E o principal de tudo: comprei duas sungas novas. Hoje, moro em São Paulo, onde a praia fica um tantinho distante, mas, em breve, vou visitar minha família na Bahia e, confesso, estou com muita vontade de estreá-las. De ir à praia e curti-la de verdade, como fiz poucas vezes, já que na maioria delas, quando realmente entrei na água, é porque fui jogado por meus amigos que se chateavam com o fato de eu ficar sempre na areia e de camisa. De ir à praia com meu corpo de praia, que é o corpo que eu tenho, que tem estrias nas costas, e outras tantas nas laterais do bumbum, que não é menos bonito por isso. E que, por sinal, hoje consigo olhar no espelho e dizer que amo.

E foda-se quem disser que tem nojo.

Foda-se você também, que já nem lembro mais quem foi, mas disse que tinha nojo de mim.

Eu não vou me rejeitar por não caber no seu padrão.

O meu é ser feliz.

AMIGO É AQUELE SER CAPAZ DE TRANSFORMAR QUALQUER LUGAR NO MELHOR LUGAR DO MUNDO, SÓ POR TE ABRAÇAR E TE ACEITAR, SEJA LÁ DO JEITO QUE VOCÊ FOR.

AMIGOS SÃO A FAMÍLIA QUE A GENTE ESCOLHE

Tenho uma facilidade fora do comum de me aproximar das pessoas, de ganhar a confiança delas, de arrancar sorrisos. Isso já aconteceu andando na rua, em festas, na fila do banco, nos mais inusitados e inesperados lugares. Infelizmente, sou inversamente proporcional quando o assunto é confiar em alguém. De uma forma extremamente difícil, não consigo me abrir, não consigo me soltar, não consigo me entregar. É como se meu coração fosse uma casa enorme. Poucos são os que têm acesso a quase todos os cômodos. A maioria, eu não deixo sequer passar da sala de estar.

Acho que, de tanto me machucar por ser intenso demais, comecei a dosar as pessoas para quem me entregava. Independentemente de qual nível de doação seja. E isso me fez lembrar de que eu ficava com um menino que adorava me mandar fotos da sua rotina. Almoçando, indo para a faculdade, descabelado ao acordar. Eu achava a coisa mais fofa do mundo. Tentava retribuir quase sempre, mas um dia ele me fez uma pergunta que ninguém nunca tinha feito ou reparado: "Por que você só me manda as suas fotos com a melhor iluminação, ângulos ensaiados, e nunca as que sejam completamente espontâneas?".

Foi aí que eu percebi que tinha verdadeiro pavor de que as pessoas me vissem em situações constrangedoras. De forma não preparada. É como se elas fossem desgostar de mim, sabe? Como se elas fossem se assustar com a minha imagem. E eu não queria passar por mais rejeições. Não queria expor minhas vulnerabilidades. Mas, depois que ele me disse isso, passei a tentar dar passos além nesse quesito. Lembro claramente a reação dele com a primeira foto que mandei completamente sem pensar em nada. Acho que ele ficou até mais feliz do que quando eu o beijava. E foi lindo perceber que, às vezes, as pessoas só querem ver as nossas versões mais cruas e sem filtros.

Mas se lembra que eu disse, umas linhas anteriormente, que algumas pessoas têm acesso a quase todos os cômodos do meu peito-lar? Então. Os meus verdadeiros amigos têm uma chave que os permite acessar essas partes do meu coração. E eles, juro, conseguem me tirar o medo de ser vulnerável. Eles conseguem me fazer tão bem, que eu esqueço o lugar em que estou, como estou vestido, se estou descabelado, se tem alguém reparando ou julgando a gente. Eu sou só eu e ponto.

Refletindo sobre isso, percebi que os meus amigos são sempre o ponto alto de qualquer festa, por exemplo. Me dei conta disso, especificamente no Carnaval. É a minha época do ano favorita. Eu fico, de fato, muito animado. Com as fantasias, com as músicas, com as pessoas pelas ruas. E me dei conta de que, quando eu estou com o meu grupinho, faço as danças coreografadas mais estranhas do mundo, canto até ficar rouco e viajo para um universo paralelo onde não existe nada além de ser aceito exatamente como eu sou.

Se eu pudesse te dar um conselho, seria este: se mantenha perto das pessoas que fazem você se esquecer de que precisa se lembrar de não ser vulnerável. Se cerque de pessoas que te façam esquecer que existe celular, redes sociais, que existe um mundo além daquele espaço que vocês estão compartilhando. Agarre todas as pessoas cujas energias combinam tanto com a tua, que você se sinta reenergizado só de tê-las ali, bem do teu ladinho.

Hoje, tenho os meus amigos como membros da minha família. E eles possuem a mesma importância que qualquer parente sanguíneo. É que, quando a gente cresce, acaba se dividindo muito mais com eles do que com aqueles com quem a gente, geralmente, se reúne para passar o Natal.

Sei que não é fácil encontrar essas pessoas.

Sei que sou muito privilegiado por ter os amigos que tenho.

Sei que amizade é tão rara quanto o amor romântico verdadeiro.

Mas elas existem.

Mas esse amor, sim, é para sempre.

E eu tenho certeza de que, se você já não encontrou esses amigos, ainda vai encontrar.

É toda a felicidade do mundo que eu posso te desejar.

RESPONSABILIDADE AFETIVA é IMPORTANTE.

* SEJA VOCÊ EX, ATUAL, CRUSH, AMIGO, FAMÍLIA.

SE VOCÊ SABE QUE SUAS AÇÕES IMPACTAM DIRETAMENTE A VIDA DO OUTRO, POR FAVOR, TENHA O MÍNIMO DE EMPATIA E COMPAIXÃO E NÃO AJUDE A PIORAR UMA SITUAÇÃO JÁ COMPLICADA.

NÃO BRINQUE COM SENTIMENTOS.

UM DIA, VOCÊ PRECISARÁ QUE CUIDEM DE VOCÊ

Talvez, você só se dê conta da importância da responsabilidade afetiva quando precisar dela e o outro não te oferecer. Espero que seja diferente, mas, comigo, foi exatamente assim. Esperava que todo amor e carinho que um dia eu ofereci me fossem minimamente ofertados de volta. Depois do final de um namoro, bom, não aconteceu. Achei que fosse morrer, mas estou vivo para contar a minha história.

Acontece por aí, todos os dias; casais se despedem, sonhos são desfeitos, relacionamentos acabam. Nada novo. Mas... será que o outro, o que decide ir embora, precisa sair batendo a porta do peito que um dia já chamou de lar? Será que o outro precisa quebrar os porta-retratos das memórias boas ou tirá-los da frente dos olhos porque estes, por sinal, já estão fechados beijando outras pessoas? Comigo foi exatamente assim. Espero que com você seja diferente.

Responsabilidade afetiva, no fim das contas, é empatia. Compaixão. É entender que o outro, aquele que você não quer mais beijar, aquele que você não quer mais ou a quem não sente mais a necessidade de chamar de amor, merece um pouco de respeito. De cuidado. Mesmo que esse zelo seja a distância. Às vezes, gestos simples causam grandes dores. Indiretas, fotos, ações. Aprendi que palavras têm poder. Cuidado com elas. E a empatia indefere se você é o atual namorado ou namorada de alguém, ex, amigo ou familiar. Se você sabe que as suas ações impactam diretamente na vida do outro, por favor, tenha o mínimo de compaixão e não ajude a piorar uma situação que já é, muitas vezes, complexa.

E sim, sei que quando se trata de envolvimentos amorosos e as histórias acabam, todo mundo tem o direito de refazer a sua vida. De caminhar. De encontrar outro alguém. No fim das contas, todo mundo vai. O que deixou, vai. O que foi deixado, também vai. Mas este último, pelo menos por um tempo, fará dos passos do primeiro uma espécie de trilha. Tentará, de algumas formas, encontrar essa pessoa através das pegadas. É isso que chamamos de "lutar por amor". Quando você acha que ainda pode resgatar algo que se perdeu. Leva um tempo até você entender que não será possível.

É justamente nesse momento em que a responsabilidade emocional deveria existir, mas também é o momento em que o egoísmo fala mais alto. E eu já ouvi, mais de uma vez: "Não é problema meu o que sentem por mim, eu estou solteiro e faço o que eu quiser". Concordo, parcialmente, mas concordo. E a parcialidade vem de um trecho que li na Bíblia uma vez: "Tudo me é permitido, mas nem tudo me convém" (1Cor 6,12). Porque quando as promessas e juras de amor faziam sentido, existia cuidado. Mas não acho justo, agora que cada um seguirá por um caminho, ignorar ou, pelo menos, zelar por alguém que, um dia, já foi o motivo do teu sorriso ao acordar, de alguém que te deu a mão diante do momento mais instável da tua vida. Isso é, no mínimo, consideração.

Hoje, consigo conviver bem com todos os fantasmas que um dia assombraram as minhas noites de insônia, mas, talvez, tudo fosse mais fácil se existisse responsabilidade afetiva. No meu caso, custou terapia, doses de amor-próprio e muito apoio dos que estavam por perto. Só por isso faço da minha história um apelo: cuide do outro. Um dia, você precisará que cuidem de você.

SEJA FIEL A VOCÊ.

Ao seu coração. Não importa quantas pessoas digam que é "melhor não".

Se o seu instinto disser que SIM sempre será o melhor a ser feito. Toda rua errada nos leva para algum lugar.

TALVEZ, SEJA EXATAMENTE "LÁ" QUE DEVÊSSEMOS CHEGAR.

A SUA JORNADA É SÓ SUA

Eu sempre ouvi e acreditei que todo mundo tem uma missão aqui na Terra. Que todo ser humano nasce por algum motivo. Que todos os nossos passos fazem parte de um conjunto de ações e situações que foram predestinadas e traçadas por Deus, pelo destino e pelo Universo. Ao mesmo tempo, acredito em livre-arbítrio, acredito que todos nós podemos recomeçar e fazer diferente, que é possível dar meia-volta, que é possível desistir, que é possível fazer escolhas. Sendo assim, para caberem todas as crenças no mesmo coração, acho que todos nós temos deixas escritas pelas forças superiores, mas podemos improvisar a partir delas. E, ah, caso você não conheça, "deixa" é o termo utilizado no teatro para que você saiba qual a sua hora de falar ou até mesmo inventar algo de improviso.

A crença eu sempre tive.

A minha missão, nossa, essa foi difícil de descobrir.

Eu nunca fui uma criança comum. Acho que sempre fui mais maduro do que a idade que tive. Eu me lembro claramente dos poemas que escrevia com dez anos. Era muita paixão e sofrimento por amores platônicos para uma criança que não conseguia decidir qual era a sua cor favorita dos *Power Rangers*. Era muita intensidade e sentimentalismo para um ser que tinha medo de dormir sozinho no escuro. Eram muitas lágrimas para um pré-adolescente que não deveria se preocupar ainda com os pesos da vida.

Mas eu sempre senti muito.

Senti por dois.

Por mim e por você juntos.

E eu nunca conseguia encontrar o meu lugar no mundo. Eu nunca conseguia encontrar a minha missão. Lembro que fiz dezenas de testes vocacionais. Todos davam inconclusivos. Ou melhor, os resultados eram amplos demais. Eu poderia ser médico, bibliotecário, arqueólogo, matemático, advogado ou astronauta. E aquilo me angustiava, porque, na falta de certeza, você apela para tudo que, pelo menos, consiga te dar uma luz sobre qual é o melhor caminho para seguir.

Uma vez, uma psicóloga foi fazer testes vocacionais mais detalhados na escola em que eu estudava. E eu lembro que ela disse que era importante perguntar a opinião dos nossos pais. Como nunca tive uma relação, de fato, com o meu pai, como a gente nunca conversou sobre a vida e também não foi algo com o que ele parou para se preocupar enquanto eu precisava de alguns conselhos fundamentais, fui perguntar a minha mãe e ela me disse:

— FAZ ADMINISTRAÇÃO!

E eu:

— Nossa, que enfática! Por quê?

Mas ela nem piscou:

— Porque você gosta muito de mandar!

Me frustrei.

Eu não poderia escolher uma profissão só por ter um espírito de liderança forte *(coloquei desse jeito bonitinho para que eu não pareça mandão).*

E eu segui.

Fiz vestibular para Sistemas de Informação, porém eu queria mesmo era Farmácia. Queria descobrir a cura das doenças todas. Mas não passei no vestibular. Como forma de consolação, já que eu odiava cursinho, me matriculei em Agroecologia. Só que era em outra cidade. Eu precisaria me mudar. A gente não tinha dinheiro suficiente para isso. Então, logo de imediato saiu mais um resultado e eu passei para Engenharia de Alimentos, na minha cidade *(Feira de Santana)*. E lá fui eu. Eu queria ser farmacêutico, mas seguiria na Engenharia até passar no curso anterior, porque eu poderia eliminar matérias em seguida.

Ah, se você já leu Pressa de ser feliz, *conhece essa história. Mas como você pode ainda não ter lido, estou te contextualizando.*

Independentemente de qualquer coisa, os finais dos textos e até desta crônica são diferentes. Já que muita coisa mudou.
   Continuando...

No primeiro semestre eu descobri que não queria mais Engenharia. Que eu não conseguiria lidar com sangue e cadáveres nas aulas do curso de farmácia. E criei um Tumblr para desabafar sobre a vida. Foi aí que comecei a ganhar os primeiros leitores. Foi aí que a minha vida começou a caminhar para os eixos. Em partes, ao menos.

Fui escrevendo, ganhando seguidores, me apaixonando pela arte de me expressar através das palavras de uma forma tão forte, que decidi que precisava ter aquilo como profissão. Então comecei a pesquisar sobre quais áreas eram ligadas a isso. Um dia, vi que Caio Fernando Abreu e Clarice Lispector foram jornalistas. Foi ali que eu decidi qual seria o meu diploma.

Enfrentei muitos percalços no caminho. A faculdade de Jornalismo mais próxima era particular. A gente continuava sem grana, mas o meu coração me dizia cada vez mais que era necessário seguir por aquele caminho. Conversei com minha mãe, coloquei como objetivo, arregacei as mangas para trabalhar, contei com auxílio do governo para concluir meu curso e hoje sou formado em Jornalismo. Mas engana-se quem pensa que esse era o meu destino. Que esse era todo o meu caminho.

Meu diploma de Jornalismo está guardado. Não sei nem dizer exatamente onde. Hoje, larguei tudo para ser escritor e abraçar as pessoas através das minhas palavras. Durante o curso, vivi muitas experiências. Conheci pessoas, me apaixonei, sofri, caí, quebrei a cara, amei muito, fui amado, e tudo que me aconteceu foi transcrito em textos. Desde que comecei, em 2009, nunca mais parei. Agora, são mais de dez anos de dedicação. Sete deles só por amor, sem ganhar um centavo. Publicando diariamente na internet. Depois vieram os livros e a minha vida começou a mudar.

Hoje, de uma forma que só as minhas noites em claro para dar conta de trabalhar, estudar e escrever conseguiriam te dizer com sinceridade, sinto que encontrei a minha missão. Este livro é parte dela. Se esta página chegou até você, é uma prova dela. Minha missão é falar sobre sentimentos. Minha missão é falar para as pessoas sobre a vida. Minha missão é ser um instrumento para que você se conecte com você. Eu só sinto que todas as minhas experiências precisaram ser sentidas, transcritas, para que eu pudesse falar para os outros sobre aquilo. Para que eles se lessem nas minhas linhas e se encontrassem em suas próprias caminhadas.

Eu sou escritor.

E todos os meus testes vocacionais fizeram sentido.

Eu posso ser médico, bibliotecário, arqueólogo, matemático, advogado ou astronauta. Basta eu escrever. Basta usar um pouco da minha imaginação e me transformar em qualquer uma dessas profissões.

E você deve estar se perguntando, possivelmente, por que te fiz ler este texto bibliográfico inteiro para falar isso... mas eu explico. Te contei a minha história por dois motivos:

1) Se você ainda não tiver descoberto qual a sua missão, tudo bem, não se cobre, não se pressione e não se julgue. Na hora certa, você descobrirá. A gente precisa se perder para se encontrar. Comigo foi assim, com você pode ser parecido.

2) E isso esbarra no segundo motivo: se você já descobriu qual a sua missão, se você já tem certeza dela, por favor, agarre-a com unhas e dentes. Lute por ela. Lutar por ela significa lutar por você. E eu sei que pode não ser fácil. Para mim, nunca foi, mas uma hora, quando tudo vingar, você vai deitar na cama e falar, com lágrimas nos olhos: "Valeu a pena".

A Clarice tem uma frase que me encanta, me abraça e vai virar tatuagem em breve, no meu corpo: "Perder-se também é caminho".

Não tenha medo de fazer escolhas erradas, pois elas te mostrarão os caminhos certos. Não tenha medo de lutar pelo que você quer. Se você mudar de ideia depois, terá vivido muitas experiências necessárias para que se torne quem você precisa ser.

A sua jornada é só sua.

Não deixe mais ninguém decidir por você.

Se eu não tivesse abraçado a minha missão, talvez, quem sabe, você não estaria lendo isto agora. E não sei para você, mas, para mim, nossa, ter você segurando este livro nas mãos, neste segundo, é mais do que a realização de um sonho. É a justificativa de estar vivo.

TODOS ESSES QUE AÍ ESTÃO
ATRAVANCANDO MEU CAMINHO,
ELES PASSARÃO...
EU PASSARINHO!
(MÁRIO QUINTANA)

ELES PASSARÃO. EU?...

Acho que o ato de amadurecer envolve um certo desprendimento das opiniões alheias, ou seria o autoconhecimento, não sei dizer, mas ando cada vez menos interessado em interpretar personagens para atender às expectativas criadas em cima de mim. A gente, mesmo sem perceber, acaba fazendo de conta que é de um jeito, só por medo, receio ou só para se poupar das interpretações alheias.

Já passei da fase de fingir felicidade. Acho que todo mundo tem dias não tão legais, fases não tão felizes. Fingir que está tudo bem, quando não está tudo bem, é sofrer duas vezes: uma por sentir e outra por usar uma máscara para esconder que sente. E, de verdade, ninguém deita a minha cabeça no travesseiro, ao final de um dia exaustivo, e revê os meus erros e acertos. Ninguém lida com a minha ansiedade em meu lugar. Ninguém se atira em frente aos tiros que a minha mente me dá.

E, antes que você ache que deposito no outro a obrigação de rever os meus dias por mim, de lidar com os meus problemas ou de conviver com a minha ansiedade, eu respondo que não, eu sei que todas essas tarefas são minhas. São percursos solitários que sei que preciso trilhar, de fato, redundantemente, sozinho, mas é que... se a gente já sabe que é um caminho para uma única pessoa, por qual motivo então perdemos tanto tempo fazendo de conta para entreter toda uma plateia que, ao final de cada espetáculo, retorna para a própria rotina sem se importar sequer em aplaudir o nosso teatro da vida real?

Não vale a pena pagar de feliz quando o momento é de acolher a dor, a tristeza, a angústia, a saudade, a queda, o tropeço, os fins de ciclos. Não vale a pena tentar convencer a todo o mundo de que está tudo bem quando você, em seu íntimo, sabe que não está tudo tão bem assim.

Os outros, todos eles, passam. As pessoas sempre passam pela nossa vida. Poucas são as que, de fato, ficam. E, juro, as que ficam ao seu lado, independentemente das suas tempestades, são as que menos precisam da sua encenação. Sendo assim, não se desgaste tanto para aparentar alegria para espectadores que não ficarão em seus dias sequer até os créditos finais da novela em que você transformou a sua vida.

TE ACALMA, CORAÇÃO.

O QUE É TEU, NINGUÉM PEGA. NINGUÉM MEXE. NINGUÉM ROUBA.

NÃO PRECISA PERDER AS HORAS ACELERADO.

SEJA BRANDO E PACIENTE.

DEDOS EM FIGA

Eu só queria que a ansiedade tivesse uma alavanca, um botão de desligar, para que a paz pudesse, finalmente, reinar em minha cabeça. Em meu coração. Às vezes, sinto como se tudo crescesse e tomasse a forma de um terrível monstro que me assusta, me assombra, me sufoca.

Tenho medo. Isso é fato. Mas não é qualquer medo. É o medo de não ser feliz, não realizar meus sonhos. De não ter e ser tudo aquilo que sempre sonhei para mim. Para a minha história.

Vai ver isso é besteira. Vai ver eu já deveria ter visto que tudo já deu certo. Mas é que, às vezes, é extremamente difícil acreditar que colocar todas as minhas forças, toda a minha vontade, garra, gana, que me dedicar cem por cento a isso me trará algum benefício.

É que, amigo, para ser sincero, eu já quebrei a cara tantas vezes... Mais vezes do que dedos nas mãos. Já quis, achei que tinha e só depois que a felicidade me levava para o mais alto ponto do céu percebi que tudo não havia passado de uma péssima pegadinha do Universo. Do meu destino.

E também sei, hoje, que o que deu errado antes era para que o que está dando certo agora tivesse um efeito maior. Para que eu valorizasse mais. Para que eu me permitisse, me encontrasse, me perdoasse, me entendesse mais e melhor. Mas... tenho medo. Isso é inegável. E eu só quero que, por favor, meu Deus, tudo dê certo agora. E vai. *(Dedos em figa e pensamento positivo.)* Amém.

LISTA 3

COMO IDENTIFICO OS MEUS PADRÕES?

Quando eu estou dentro de alguma crise ou em dias ruins, alguns padrões se repetem, como já consegui observar. Identificá-los me ajuda a não só lidar com as consequências de cada um, individualmente, como a lidar melhor com o meu estado em si. Vou te contar algumas para que você consiga perceber as suas também.

1 ▸ NÃO SAIR DE CASA: QUANDO AS CRISES APERTAM, FICO COM MEDO DE SAIR DE CASA, MAS, ÀS VEZES, DAR UMA VOLTA ME AJUDA MUITO. ENTÃO, VOU AO CINEMA SOZINHO OU CONVIDO ALGUM AMIGO PARA SAIR.

2 ▸ NÃO FALAR COM NINGUÉM: TENHO UMA TENDÊNCIA ABSURDA AO SILÊNCIO E AO ISOLAMENTO, MAS, GERALMENTE, QUANDO CONVERSO COM ALGUÉM E DESABAFO TUDO QUE EU SINTO, FICO MELHOR, ENTÃO LIGO PARA ALGUM AMIGO OU PARA A MINHA MÃE E PERGUNTO COMO ELE OU ELA ESTÁ, ALÉM DE PEDIR PARA FALAR UM POUCO SOBRE MIM.

3 ▸ COMEÇO A OUVIR MUITAS MÚSICAS TRISTES: AS MÚSICAS FALAM MUITO COMIGO E SINTO QUE QUANTO MAIS MÚSICAS TRISTES EU OUÇO, MAIS PARA O FUNDO DO POÇO EU CAMINHO, ENTÃO TENTO FUGIR DELAS O MÁXIMO QUE POSSO.

4 ▸ COMEÇO A COMER EXAGERADAMENTE: TENDO A COMPENSAR O MEU ESTADO EMOCIONAL COM COMIDA, ENTÃO, SE EU NÃO ME SINTO BEM, ACHO QUE O VAZIO É FOME. MASCAR UM CHICLETE, EM ALGUNS MOMENTOS, ME AJUDA A LIDAR COM ESSA GULA.

5 ▸ ENTRO NUM FLUXO DE PENSAMENTOS EM QUE SÓ ENXERGO PROBLEMAS: ENTÃO, EU ESCREVO QUAL O PROBLEMA E PUXO SETAS PARA AS POSSÍVEIS SOLUÇÕES, DAS MAIS RÁPIDAS ÀS MAIS COMPLEXAS, O QUE ME AJUDA A ENTENDER A REALIDADE DOS FATOS.

6 ▸ COMEÇO A PENSAR DEMAIS NO PASSADO OU NO FUTURO: ENTÃO, EU LISTO TODAS AS MINHAS OBRIGAÇÕES REAIS DA SEMANA E ESCOLHO UMA ORDEM DE PRIORIDADES, POR NÍVEL DE IMPORTÂNCIA, PARA ME ATER O MÁXIMO POSSÍVEL AO PRESENTE E AO QUE REALMENTE DEPENDE DE MIM.

7 ▸ COMEÇO A VER TODOS OS MEUS DEFEITOS DE FORMA ACENTUADA: ENTÃO, EU ESCREVO NUM PAPEL TODAS AS MINHAS QUALIDADES, DAS FÍSICAS ÀS EMOCIONAIS, E COMEÇO A REFLETIR SOBRE ELAS.

8 ▸ PERCO O FOCO E A CONCENTRAÇÃO: ENTÃO, EU VEJO UM FILME, EPISÓDIO DE SÉRIE, LEIO ALGUMAS PÁGINAS DE UM LIVRO OU REVEJO ALGUNS DOS MEUS CLIPES FAVORITOS NO CELULAR, PARA ESTIMULAR A MINHA CONCENTRAÇÃO EM COISAS QUE TENHAM UM ENREDO E FIXEM OS MEUS OLHOS E A MINHA ATENÇÃO.

PARTE 3

Como eu realmente sou

Ei, psiu, está tudo bem ver algumas flores murcharem. Isso não diminui a beleza delas. Isso não diminui o exalar do perfume delas. Isso não diminui o fato de elas enfeitarem os nossos dias. A beleza das flores dura o tempo exato de cada pétala desabrochar, sorrir para a vida, cumprir seu ciclo e se desfazer. O mesmo vale para os amores. O mesmo vale para aqueles encontros por acaso que renderam beijos inesquecíveis. A gente tem a mania da eternidade no peito. A mania de achar que tudo precisa durar para sempre para ser especial. Nem tudo. Nem sempre. Não conheço nada que tenha durado para sempre. O motivo é bem simples – eu não estou aqui desde sempre e não pretendo ficar também. Nenhum de nós ficará. Sendo assim, tudo segue um fluxo. Tudo, simplesmente, segue. A gente só não pode se privar de viver por medo de que não seja duradouro. Por medo de acordar amanhã e ter ficado no hoje. Olha, posso te garantir, algumas experiências valem a noite que elas duram, mesmo que, quando o dia nasça, tudo tenha passado. Acabado. Não é a duração que justifica a intensidade. Para ser intenso só precisa de entrega. Se entregue. Vivai se permita. A vida passa tão rápido... Quando a gente nota, acaba. Ao final dela, só você vai contabilizar o que viveu. Ou não. Mas a história será só tua. Ninguém tem nada a ver com isso. Floresça.

Se você acha que o ciúme tempera uma relação, espero que saiba também que alguns temperos estragam as <u>comidas</u>.

NÃO É CIÚME, É INSEGURANÇA

Acabei de ler, numa rede social: "o ciúme é o tempero das relações", e, juro, só agora entendi a expressão "pimenta nos olhos dos outros é refresco". A pessoa que disse isso, com toda certeza, não deve viver nenhuma relação saudável ou não tem nenhuma noção da besteira que está falando.

Às vezes, quando a gente está dentro das relações, não percebe os erros que comete, né? Mas aí elas acabam e, durante aquele tempo do luto, durante o tempo em que você tenta se recuperar do final do namoro, acaba refletindo sobre o que viveu. Sobre os fatos. Sobre as partes boas e as partes ruins. Então, agora, solteiro e com o coração estável novamente, me permiti viajar para o tempo em que era par. Em que vivia um amor do tipo conto de fadas. Foi então que percebi que, ops, não era algo tão encantador assim e que boa parte disso era culpa minha.

Eu sempre fui muito ciumento. E, como bom viciado em signos, sempre atribuí isso ao meu Sol, que é em escorpião. Ah, se você não entende muito disso, a gente chama de "Sol" o seu signo, de fato, que é de acordo com o dia em que você nasceu. Bom, continuando... eu sempre dizia e ouvia de todas as pessoas que o meu ciúme tinha muita relação com o fato de os escorpianos serem possessivos, individualistas e tal. Hoje, percebo que toda essa ciumeira, na verdade, era insegurança.

É preciso desconstruir muitas coisas na nossa cabeça sobre as relações. Ainda estou nesse processo, preciso confessar, mas, logo de cara, já devo antecipar que ninguém é dono de ninguém. Ninguém tem uma certidão de posse do outro. As pessoas são livres. Se alguém escolher ficar ao meu lado, é porque esse alguém sente que seremos felizes juntos. É porque esse alguém sente que o nosso amor pode trazer coisas boas para a sua vida. E eu correspondo. É recíproco. Sendo assim, não posso exigir, cobrar ou, pior, obrigar ninguém a ficar em minha vida.

Digo isso, porque um dos símbolos do meu último relacionamento era um passarinho azul, por conta da ararinha-azul. É um pássaro raro, porque a espécie está quase em extinção. Como sempre achei que o nosso amor era único, o chamava assim de "meu passarinho azul". *(Se você achar que isso é brega, saiba que eu também acho, mas quando eu namorava achava a coisa mais fofa do mundo. Releve, estava muito apaixonado.)* Um dia, em um aniversário de namoro, o meu ex me deu uma gaiolinha toda linda, com um pássaro azul, de presente. A diferença do que, certamente, você imaginou é que esse pássaro não estava dentro da gaiola. Ela estava aberta e ele havia pousado em cima. Isso só para simbolizar que a gente fica nos lugares que quer ficar. Que a gente pousa nos corações que quer morar. E, também, bate asas dali, quando sente que não pode mais chamar aquele peito de lar.

Só que, apesar de toda essa simbologia, o nosso amor sempre foi marcado por muitas crises de ciúmes, dos dois lados. Era sempre um medo absurdo de perder algo que nós dois considerávamos os pontos mais altos das nossas vidas. Sempre dissemos que não nos encontramos – nos reencontramos. Que o nosso amor era de outras vidas. Coisa de alma. Bom, poderia até ser, mas não foi. Seguimos felizes, cada um para o seu canto, mas ainda quero continuar falando dessa história para você entender a minha relação com o ciúme.

Eu tinha verdadeiro pavor de que surgisse alguém mais interessante que eu, mais legal que eu, mais bonito que eu, mais sociável que eu, mais engraçado que eu, mais alma gêmea do meu ex que eu, e o encantasse. E o fizesse se apaixonar, terminar comigo e ficar com ele. E qualquer cara novo que aparecia ou até mesmo os que já faziam parte do nosso ciclo de amizade, de uma forma chata, parecia um perigo iminente. E todas essas sensações eram mútuas. Eu passava por isso. Ele passava por isso. Nenhum dos dois tinha realmente namorado para valer antes para ter mais experiência no assunto. Nenhum dos dois sabia direito como lidar. E fomos seguindo.

Depois de um bom tempo, entendi o que estava por trás de tantas crises de ciúmes – as inseguranças. Eu nunca fui a pessoa mais segura do mundo com o meu corpo, com o meu senso de humor, com a minha personalidade. Eu nunca fui a pessoa mais autoconfiante do mundo. A pessoa mais foda. Eu sempre achava que estava errado, deslocado, desarrumado. Eu sempre fui um peixe fora d'água. Eu tinha a constante sensação de que havia um pedaço de feijão ou alface preso em meus dentes *(calma, não literalmente, é uma analogia, ok?)*. Eu achava – o tempo inteiro – que tinha algo de errado comigo.

E não é fácil lidar com essas coisas. O outro pode te dizer e, geralmente, ele diz, que você é o amor da vida dele, que você é a pessoa certa para ele, que não existe mais ninguém no mundo que seja interessante aos olhos dele. E é claro que a vida da gente é extensa demais para que só exista um amor, que ninguém é certo para ninguém, pois isso de "pessoa certa" é muito relativo e que, ah, a gente, mesmo namorando, sabe que existem outras pessoas no mundo que são interessantes, mas não quer estar com elas mesmo assim. Só que não adianta usar uma tampa grande para tapar uma panela média. Vai cobrir? Vai. Mas não vai encaixar perfeitamente. Não adianta o outro te dizer o que você precisa ouvir. Você precisa cuidar das suas inseguranças para que elas não te façam refém. E eu comecei a fazer isso.

Quando percebi que o problema estava em mim, e não no meu ex nem nas outras pessoas, passei a me observar. Passei a ver que todas as pessoas de quem eu sentia ciúme tinham alcançado coisas que eu desejava alcançar. Que o meu medo não era de perder, mas era uma sensação de inferioridade. E a gente, às vezes, de uma forma péssima, se sente inferior aos outros. E precisa cuidar disso. Precisa ir até a raiz desse problema e começar a podá-la. Arrancá-la. A gente precisa prestar atenção nesse tal "ciúme".

Não é certo querer que o outro deixe de fazer coisas, de conhecer pessoas, criar laços, amizades, viajar, ir para festas, vestir o que quiser, ou, resumidamente, não é certo interferir na vida alheia, mesmo que esse "alheio" seja o seu namorado, a sua namorada, ou a pessoa com quem você se casou. Não é certo limitar, podar, fracionar, relativizar, interferir nas decisões e escolhas alheias. Principalmente por ciúmes. As relações se tornam tóxicas assim. Quando o outro se sente no direito de decidir por você. De escolher por você. De aconselhar, quase que ordenando, que você siga por caminhos que não são os caminhos que você deseja seguir. E não é certo agir dessa forma por causa das suas inseguranças. Nem por nenhuma outra causa.

Dizer que o ciúme tempera as relações é romantizar algo que não é para ser romântico. É florir uma coisa que não é flor, é erva daninha. É como traça. É tipo cupim, que pega a madeira boa e devora como se fosse um hambúrguer suculento. E vale lembrar, também, que os temperos, por mais que tragam sabor às comidas, também tiram. Sal demais estraga. Pimenta demais estraga. Tudo demais estraga. E todo mundo que come um prato estragado passa mal. Tem infecção alimentar. Se machuca. Se fere.

Se você lida com o ciúme e ele é seu, converse com você mesmo. Tente se entender. Tente perceber o que te incomoda. Por qual motivo te incomoda? O que você pode fazer por você para que isso não te incomode? Se ele é do outro, convide-o a fazer o mesmo. É claro que, também, existem pessoas que provocam ciúmes. Que se aproveitam da fragilidade alheia para plantar sementes de insegurança, tecendo comentários maldosos. Então, se for este o caso, converse com o seu par para que ele ou ela não continue fazendo isso, pois te desperta diversos gatilhos. Mas, apesar de essas situações existirem, pelo menos comigo, o motivo do ciúme sempre foi uma dificuldade minha de lidar comigo.

Hoje, apesar de não estar num relacionamento, de não estar comemorando aniversários de namoro, vivo diversas relações, inclusive de amizade, já que existe até ciúme de amigo, e, sendo honesto, me percebo muito mais leve. Entendo mais o meu valor. Entendo mais sobre como eu me enxergo. Entendo mais sobre as minhas inseguranças, pois reconheci senão todas, boa parte delas. E lido com elas, trato nas sessões de terapia, nas minhas conversas comigo mesmo, delas. É preciso se abraçar. Se entender, e não descontar nos outros os tapas emocionais que eu recebo. Que eu mesmo me dou.

O ciúme não faz bem a ninguém. Ele não colore nenhuma relação. E, aproveitando a minha boa relação com o meu ex, pretendo estender a teoria da gaiola aberta para todos os meus futuros relacionamentos. Quem quiser morar em meu coração vai encontrar sempre a porta aberta. Tanto para chegar, quanto para partir. Eu oferecerei tudo que tenho, tudo que sou, para que queiram ficar, mas aceito e entendo se não for suficiente. E, ah, tem outro ditado popular que acho que casa muito bem com este texto e vou usá-lo para encerrar o assunto: "Não é a cerca que prende o boi no pasto, é a grama verde". (*Eu não acredito que coloquei isso no livro. Espero que você não o feche e jogue fora agora.*)

Foi só uma brincadeira.

Tá?

Eu sei...

Não teve graça.

Mas, sério, reflita sobre isso.

QUANDO VOCÊ SE RECONHECE
COMO A SUA MELHOR COMPANHIA,

CINE IMAGINE
VIVA — A VIDA É
UMA FESTA

R$ XX   SESSÃO: 18:30

17B

VOCÊ ENTENDE QUE PARA ALGUÉM
PERMANECER AO SEU LADO, ESTE ALGUÉM
TEM QUE TE FAZER TÃO BEM QUANTO
VOCÊ MESMO SE FAZ.

EU PREFIRO PIPOCA DOCE, MAS ISSO NÃO É O MAIS IMPORTANTE

Você já se sentiu sozinho? Completamente sozinho? A ponto de rodar a lista inteira do celular e não saber para quem ligar? A ponto de vasculhar todas as redes sociais e perceber que se você não estivesse ali, ninguém iria notar? A ponto de perceber que se você não tivesse corrido tanto atrás de algumas pessoas *(e essas pessoas vão de amores a amigos)* elas não fariam o mesmo por você? A ponto de questionar se todas as pessoas que dizem te amar, realmente, te amam? Bom. Se você respondeu pelo menos mais de um sim diante dessas perguntas, saiba que eu estou aqui. E que me senti ou, volta e meia, ainda me sinto exatamente assim.

Foi tentando conviver com a solidão, que aprendi sobre solitude. Mas ainda quero falar de outras coisas antes de chegar nela. Eu sempre me doei muito, sabe? Eu nunca fui daquele tipo de gente que gosta pouco. Que sente quase nada. Eu sou intenso pra caralho. *(Precisei até colocar esse palavrão para explicitar que eu não sou brasa, eu sou uma fogueira inteira.)* Então, sempre me entreguei de corpo, alma e coração para todas as pessoas. E isso indiferentemente do status que elas tinham na minha vida. Pouco importava se eu transava com elas ou se eu as chamava de melhores amigas. Eu não sei só gostar. Ou eu amo, ou eu sou indiferente. Odiar é pesado. Eu não quero esse tipo de sentimento em meu peito.

Assim, eu sempre fui o tipo de gente que desconhecia a palavra "não". Topava sempre todos os programas. Respondia às mensagens no segundo em que elas chegavam. Esquecia a minha dor para cuidar das feridas dos mais próximos. Mas... a gente, sempre que viaja de avião, ouve aquela mesma fala: "Primeiro coloque a sua máscara de oxigênio antes de ajudar a pessoa ao seu lado". Aparentemente todo mundo aprendeu isso – menos eu. Sempre fui o que doava a minha máscara se o outro preci-

precisasse dela, enquanto a maioria de todos aqueles que me rodeiam sempre se salvava antes de lembrar que eu existia. Eu não estou dizendo que eles estão errados. Eu também não me acho errado. Acho que a gente precisa entender o que, de fato, nos faz bem. E, se alguns comportamentos não nos machucam, eles não precisam ser alterados. Só que uma hora o meu ar faltou.

Sabe aquele dia em que todo mundo está ocupado? Ou existe uma prova, um trabalho urgente, um compromisso, um namorado ou namorada, um bichinho doente, uma virose... Existe um milhão de coisas e todas as pessoas, como se tivessem ensaiado, viram as costas para você? Então. Aconteceu. E doeu. Doeu muito. E, já adianto uma justificativa, eu sei que todo mundo tem uma vida para cuidar, imprevistos, compromissos inadiáveis, mas seria hipocrisia nossa não considerar que, em certas ocasiões, não existe vontade, não existe interesse. Em certas ocasiões, não passamos nem perto da lista de prioridades de alguém. Somos a pessoa que pode receber resposta depois. Somos a pessoa que pode ser ignorada. Tudo bem. Acho que estou sempre buscando uma lição de moral em tudo e encontrei mais uma.

Depois de ter um sábado infernal em que tudo deu errado, depois de procurar por pelo menos um alguém para só ganhar um pouco de afago, de colo, só para rir ou falar qualquer besteira, os travesseiros da cama foram meus únicos companheiros. Dormi jurando que o dia seguinte seria diferente. O domingo amanheceu bonito. Com um sol pleno, mas sem aquele calor escaldante. E, aos domingos, a avenida Paulista, que fica pertinho de onde moro, é livre para os pedestres. Lá você pode andar de bicicleta, patins, skate, passear com os seus bichinhos, ver artistas de rua, comprar um tanto de coisas e... eu não tinha companhia. E, quando essas coisas acontecem, meu corpo sente um frio que não é natural. Posso estar no deserto do Saara que por dentro um vento gélido me corrói. E eu só podia escolher entre ficar na cama e sair para aproveitar a vida.

Eu, que sempre precisei de companhia para ir ao banco resolver problemas, que odiava comprar roupa sozinho porque necessitava de uma segunda opinião, que já paguei diversos ingressos para implorar para alguém ir comigo aos meus shows favoritos só porque ninguém gostava tanto daqueles cantores quanto eu, tinha mais uma bifurcação em minha frente: fechar a janela e fingir que ainda era noite ou tomar um banho e ir desbravar o que o destino tinha para me oferecer.

Foi assim que eu fui para o meu primeiro encontro comigo mesmo.

Quando mais ninguém quer ou pode te fazer companhia, é que você descobre que você é a sua melhor companhia. Quando mais ninguém quer ou pode almoçar com você, é que você descobre que não é feio ou errado se levar ao seu restaurante favorito e comer macarrão com quilos de queijo. Quando mais ninguém quer ou pode ir ao cinema com você, é que você descobre que, assim que a primeira cena começa a rodar na tela e você tem ao seu lado um saco gigantesco de pipoca *(doce, a minha preferida)*, você não se lembrará de que precisa olhar para qualquer outro lugar, durante quase duas horas, além de para a tela em sua frente.

E eu fui.
E eu passei pela avenida Paulista.
E eu me levei ao meu restaurante favorito.
E eu me levei pela primeira vez ao cinema.
E não doeu.
E foi extremamente divertido.
E foi extremamente necessário.

O primeiro passo é sempre o mais dolorido. Posso te garantir. Antes, eu achava que todas as pessoas olhariam para mim e ririam por estar passeando sozinho. Mas, quando decidi que a minha opinião e o meu bem-estar seriam mais importantes do que a opinião dos desconhecidos, fui. E, honestamente, não me lembro sequer de ter percebido se os outros estavam ou não reparando em mim. Me concentrei tanto no meu próprio eu, que me esqueci de me importar com o mundo ao meu redor. Curti tanto a minha própria companhia, que me esqueci de lembrar que alguém ali pudesse discordar de mim. E um dos melhores argumentos que eu usei para me autoconvencer foi: só me achará estranho quem não tiver intimidade o suficiente consigo mesmo para se levar para sair.

É isso que chamam de solitude – quando você se tem como a sua melhor companhia e curte os momentos consigo mesmo. Quando você decide que é melhor estar sozinho do que com alguém que não gostaria de estar contigo. Do que estar com alguém que só reclama das suas escolhas de programa. Do que estar com alguém que não está feliz de estar com você.

Acredito que tudo na vida tem um motivo específico que a gente, uma hora, entende. E, agora, percebo que precisei que todos virassem as costas para entender que se eu mesmo me der as costas de frente para o espelho, eu não me enxergo. Eu não me vejo.

Eu sou o meu melhor amigo. Eu sou a única pessoa na face da Terra que sabe cem por cento da minha história, que lida com as consequências dos meus atos e escolhas, que superou as adversidades, que vive a minha vida. Eu sou a pessoa com quem posso contar seja dia ou noite, faça chuva ou faça sol. Eu sou a única pessoa que, por mais que brigue comigo mesmo, por mais que me xingue, por mais que faça juras de amor, ainda assim, será a única a não sair do meu lado sequer por meio milésimo de segundo. E olha que isso é muito, muito pouco. Eu até me ignoro. Eu até tento não me responder. Eu até me faço de doido quando penso algumas coisas que não queria pensar, mas estou sempre aqui. Sendo assim, eu não posso me empurrar com a barriga. Eu não posso me arrastar. Eu tenho que me dar as mãos e sair para passear comigo mesmo.

Agora, para sair de casa com alguém, este alguém precisa ser mais legal ou, pelo menos, me fazer tão bem quanto eu me sinto estando sozinho, no meu sofá cinza e extremamente macio, com uma série nova passando na TV e vestindo um pijama velho, que não me aperta e ainda me abraça. Entender isso foi mágico. Aceitar isso foi uma das melhores coisas da minha vida. E eu precisei me sentir sozinho para entender. Completamente sozinho. A ponto de rodar a lista inteira do celular e não saber para quem ligar. A ponto de vasculhar todas as redes sociais e perceber que se eu não estivesse ali, ninguém iria notar. A ponto de perceber que se eu não tivesse corrido tanto atrás de algumas pessoas *(e essas pessoas vão de amores a amigos)* elas não fariam o mesmo por mim. A ponto de questionar se todas as pessoas que dizem me amar, realmente, me amam. E... tudo bem.

Só para terminar, volta e meia, ainda quero um outro alguém de companhia, mas... quando não encontro, não me dói tanto. Não serei hipócrita de dizer que não dói nada. Só que descobri que quase toda semana eles atualizam os filmes em cartaz. Então, eu me levo para passear. Quem sabe eu não encontro um outro alguém por quem meu coração não venha a se apaixonar? Porque, antes de tudo, este peito aqui já tem a quem amar. E foi quem pagou o ingresso da sessão de hoje.

Ah, passei no débito.

SEMPRE QUE OLHAR PARA O OUTRO, USE OS OLHOS DO CORAÇÃO. NEM TODO MUNDO É O SORRISO QUE ESTAMPA, MAS NINGUÉM DISFARÇA O BRILHO DO OLHAR. NELE, PODE EXISTIR UM PEDIDO DE AJUDA.

PÉROLA NEGRA

Eu poderia citar um milhão de motivos pelos quais eu me tornei uma ostra: ser filho único, ter me decepcionado uma dezena de vezes com as pessoas ou, o pior de todos, sentir que incomodo. E este último é o mais frequente. Apesar de ter aprendido a brincar sozinho, inventar mundos e amigos imaginários, sempre tive bons relacionamentos interpessoais. Tenho uma gigantesca dificuldade em confiar nas pessoas, mas ainda assim consigo. O problema é vencer a última etapa: o medo de ser um peso.

Aprendi a lidar sozinho com as minhas crises de ansiedade, com as minhas inseguranças, com as angústias que surgiam. Eu, definitivamente, nunca fui de pedir socorro. Eu nunca fui de pedir ajuda. Eu sempre sofri caladinho no escuro do meu quarto. E foi por isso que comecei a escrever. Eu precisava vomitar certas coisas e gastava as pontas dos meus dedos em textos e mais textos sobre os mais diversos assuntos que me martirizavam a vida. Fiz das palavras o meu refúgio. Fiz dos escritos a minha válvula de escape. O problema é que, às vezes, a gente só precisa ouvir de alguém um conselho que pode até não resolver nada do nosso problema, mas é uma visão nova sobre tudo aquilo que já estamos cansados de viver, de ver, de ouvir, de sentir. Ou precisamos, pelo menos, que alguém coloque a nossa cabeça no colo e faça cinco minutos de cafuné. Que nos empreste um lenço para secar as lágrimas e escorrer o nariz.

Os textos ajudam a acalmar. A processar. Ajudam a me entender. Mas eles só respondem às perguntas cujas respostas eu mesmo souber. Não existe um outro interlocutor. Sou eu, eu mesmo e as minhas paranoias. As minhas indagações. As minhas incertezas camufladas em certezas absolutas que não farão mais sentido depois que eu conseguir dormir e o despertador me chamar para mais um dia.

E eu sou assim desde criança. Lembro que uma vez eu e os meus três melhores amigos brigamos. Foi algo muito bobo, não lembro bem o motivo, mas sei que passamos mais de um ano sem trocar uma palavra. E todos nós éramos vizinhos. E eu não tinha mais com quem andar de bicicleta como fazíamos todos os fins de semana. Não tinha mais com quem jogar os jogos do Super Nintendo, que era o videogame da minha infância. Não tinha mais com quem ir para as festinhas. Só me restavam os amigos da escola. Que eu via das sete e quinze até o meio-dia e meia. Depois éramos eu, eu mesmo e as minhas paranoias.

E aí a gente voltou a se falar.

Tudo ficou bem de novo.

Mas eu já tinha internalizado que conseguia lidar com tudo sozinho.

Se quando eu não tinha opção eu consegui, por que agora seria diferente?

E assim eu fui vivendo a minha vida.

Só que não se engane. Geralmente, quem mais tem dificuldade de falar de si consegue ser um ótimo ouvinte. E eu sempre fui. Se um amigo meu tinha uma dor, ela doía em mim também. Se um amigo meu tinha um problema, eu também tinha um problema. Se um amigo meu precisava de ajuda – prazer, meu nome é ajuda. E eu sempre tirei forças, Deus sabe de onde, para ser atencioso, prestativo, para ser solícito e estar presente quando eles mais precisavam.

Mas aí eu precisava.

E não tinha ninguém.

E não é porque as pessoas não queriam me ajudar. Quer dizer, algumas, de fato, não estavam nem aí, mas as que aparentemente se interessariam em me estender a mão nunca sequer sabiam das minhas dores.

Eu sempre tive muita dificuldade em me dividir.

Eu sempre ouvi: "Matheus, parece até que você não tem problemas, tá sempre bem, tá sempre sorrido, tá sempre com um astral lá em cima".

Por isso, te digo: sempre que olhar para o outro, use os olhos do coração. Nem todo mundo é o sorriso que estampa, mas ninguém disfarça o brilho do olhar. Nele, pode existir um pedido de ajuda.

E eu só consegui mesmo gritar por socorro quando perdi o meu chão.

A minha ansiedade estava completamente fora de controle. O meu namoro de três anos e meio tinha acabado sem motivo algum, sem nenhuma briga, só com a explicação de que nosso amor havia virado amizade e eu precisava falar. Falar. Falar. E ouvir. Ouvir. Ouvir. Mesmo que eu já soubesse todos os conselhos de que precisava. Mesmo que eu mesmo já tivesse dito esses conselhos tantas vezes para outras pessoas.

E eu precisei não ter mais alternativa alguma senão incomodar.

E dar trabalho.

E ser um peso.

E foi aí que eu ouvi: "É para isso que servem os amigos! Nós estamos aqui para ajudarmos uns aos outros. E se eu puder suportar o seu peso, não se preocupe, eu farei isso. E se ficar pesado demais para mim, juntamos dois amigos e seguramos as pontas por você. Ou juntamos todos. Mas você não precisa ficar sozinho".

E então eu entendi que amizade vai além de só oferecer sorrisos ou contar quando está tudo bem.

E sim, você pode me dizer: "Mas é difícil, eu não quero atrapalhar, todo mundo tem os próprios problemas com os quais lidar". E eu concordo. Eu realmente acho que todo mundo tem trabalhos, estudos, rotina, tarefas, prazos, dramas, mas... relacionamentos são vias de mão dupla. Você emite cuidado e deve receber cuidado. Por mais que digam que você deve oferecer sem esperar retorno, é impossível ofertar amor e não querer receber, pelo menos, um afago de volta. Quer dizer, não vou afirmar que é impossível, pois vai que é possível, mas, até hoje, eu nunca consegui lidar bem com a falta de reciprocidade. Se só emito amizade e não recebo amizade, nós não somos amigos.

Então, desde que o meu namoro acabou, e isso faz quase dois anos, aprendi que sim, tinha amigos. Que sim, eu os incomodo às vezes. Que sim, amigos são para isso mesmo. E ainda brinco com eles que temos revezamento de surtos: enquanto um está mal, o outro tem que estar bem para cuidar e dizer as palavras de que o primeiro precisa ouvir. E assim vamos dançando uma valsa de estabilidade emocional. Compartilhando as partes boas, ruins e até as tediosas de existir.

Não tenha medo de se sentir um peso na vida das pessoas.

Às vezes, você já ajudou tanto a tirar o que pesava nas costas de alguém, que aquele alguém terá o maior prazer em dividir contigo o que te pesa.

Se permita abrir a ostra que o seu coração se tornou e mostrar ao mundo as pérolas que você esconde aí dentro.

Tenho certeza de que elas são reluzentes.

E tudo bem se elas não forem.

Sabia que as pérolas negras são as mais raras? E elas são formadas quando um simples grão de areia fica preso dentro da ostra. Daí existe todo um processo químico e mágico da natureza e as pérolas negras são formadas. É um fenômeno natural que acontece uma vez a cada dez mil pérolas que são formadas.

Você é a ostra.

Seu coração é a pérola.

O grão de areia simboliza tudo aquilo que te machuca e você guarda.

Quando você consegue se abrir, se dividir verdadeiramente com os outros e eles estão ali, aptos a te receber, todos se dão conta de que você tem um peito tão raro que consegue processar um milhão de sentimentos que, por fora, era impossível perceber.

ÀS VEZES, NÃO É FALTA DE TEMPO, NÃO É DESORGANIZAÇÃO, NÃO É FALTA DE VONTADE. O ATRASO, O CONVITE RECUSADO, A DESCULPA ESFARRAPADA PODEM SER RESUMIDOS EM: ANSIEDADE.

NEM SEMPRE É FÁCIL LIDAR COM O QUE NÃO SE PODE CONTROLAR. E, SE VOCÊ ME DISSER QUE "NÃO CONTROLAMOS NADA NA VIDA", TE RESPONDEREI: "FOI POR ISSO QUE EU NÃO SAÍ ANTES DE CASA".

SE AVEXE NÃO

Eu sempre fui uma pessoa muito, muito atrasada. E esse atraso é em questão de pontualidade. Eu nunca consegui cumprir direito os horários. Sempre cheguei cinco, dez, trinta minutos depois da hora combinada. Ou desisti de ir no último segundo. Ou remarquei. E nisso você pode incluir reuniões, baladas, encontros, os mais variados tipos de compromisso. O único lugar que eu realmente nunca atrasei para chegar foi a terapia. Parece brincadeira, mas não é.

Depois de muitas pessoas reclamarem, depois dos meus amigos cansarem e quase desistirem de marcar coisas comigo, depois que todo mundo ao meu redor começou a normalizar os meus atrasos como: "vamos marcar meia hora antes, porque Matheus vai atrasar" ou "esse tempo a gente já tá contando com o atraso de Matheus?", ou "vamos na frente, porque a gente já sabe que Matheus vai chegar atrasado", percebi que isso não era saudável. Que, além de falta de educação, respeito e bom senso com os outros, esses atrasos não pareciam algo normal. Eles tinham uma causa. Eles tinham diversas consequências. E eu não poderia apenas agradecer por todo mundo me entender. Eu precisava cuidar disso porque, aparentemente, já havia passado dos limites.

Depois de conversar muito com a minha terapeuta e comigo mesmo sobre isso, percebi que eu tinha um medo absurdo do desconhecido. Que eu me atrasava porque não queria ir. Porque ir significava sair da minha zona de conforto. Sair da segurança do meu quarto. Enfrentar um mundo novo, pessoas, assuntos inconvenientes, questionamentos, possíveis julgamentos, olhares, risadas, piadas, perguntas, respostas atravessadas; enfim, eu precisaria estar pronto para o que surgisse. E, sendo ansioso, eu quase nunca esperava que viesse algo bom. Que tudo fosse um mar de rosas. Eu pensava quase sempre no pior. E atrasa a minha saída para não ter que lidar com aquilo.

Às vezes, meu despertador me acordava duas e até três horas antes dos compromissos, mas, ainda assim, eu conseguia me atrasar. Não era falta de tempo. Não era falta de organização. Era falta de coragem. Porque eu pensava que podia acontecer um acidente no caminho, porque eu pensava que se tivessem pessoas novas lá, que não me conhecessem, elas poderiam me odiar, porque alguém podia comentar algo sobre a roupa que eu escolhi, já que nem eu mesmo estava me sentindo cem por cento à vontade de estar vestindo aquilo. Sem falar que, quando finalmente eu conseguia criar coragem para sair, existia todo um *checklist* de coisas que eu precisava me certificar de que tinha feito: pegar o celular e a carteira, ver se eu não deixei o fogão aceso, o ferro de passar ligado na tomada, se eu fechei todas as janelas porque poderia chover a qualquer momento, se eu tranquei a porta, se eu lembrei de fechar as torneiras e desligar o ventilador. E, nessas pequenas checagens, eu conseguia me atrasar ainda mais. E mais. E mais. E precisava sempre inventar alguma desculpa para minimizar o estrago que tinha feito em deixar os outros me esperando:

– foi o trânsito;
– o motorista do táxi errou o caminho;
– surgiu um imprevisto;
– eu estava trabalhando até agora;
– um amigo precisou de mim e eu não tive como dizer não.

E eu poderia listar motivos e desculpas esfarrapadas até amanhã.

Mas isso não é bonito.

Mas isso não é legal.

Mas isso não tem graça.

Então, eu decidi enfrentar. Porque se eu ficasse em casa, não é que todos os problemas acabariam e eu ficaria em paz. Se fosse assim, seria até menos pior, mas não. Eu ficava pensando que perdi toda a diversão. Que perdi acontecimentos importantes. Que poderia ter conhecido o amor da minha vida. Que poderia ter feito um contato profissional que mudaria toda a minha carreira. Que eu, simplesmente, estava me atrasando. E, dessa vez, não é pontualmente falando. É emocionalmente. É espiritualmente. Eu estava me deixando para trás por não conseguir me permitir seguir em frente.

E, amigo, se você já passou por tudo isso, sabe que não para por aí. Quando a gente decide se enfrentar e ir aos lugares, compromissos e encontros, ainda precisa lidar com um corpo que gosta de fazer a gente ter certeza de que era melhor ter ficado em casa. E assim surgem dores de barriga, de cabeça e no corpo inteiro, completamente aleatórias, como falta de ar, palpitação, sensação de desmaio, tontura. Eu já senti as mais diversas coisas físicas que eram formas de o meu corpo me dizer que era melhor eu não ir.

Mas eu persistia.

Mas eu insistia.

E nem sempre dava tudo certo.

Às vezes, de fato, alguém fazia uma brincadeira sem graça e derrubava o meu humor. Às vezes, de fato, eu abraçava algum gatilho que me servia de âncora para afundar. Às vezes, de fato, situações chatas aconteciam, como discutir com alguém, ver algum desafeto, o motorista de táxi se envolver numa batida de carro e tantas outras coisas que só me levavam a crer que, sim, era melhor eu ter ficado em casa.

Mas a gente precisa persistir.

Mas a gente precisa insistir.

Mas a gente precisa saber que nem tudo sempre vai dar certo.

Entre pagar para ver e não ir por medo do desconhecido, tenho percebido que é melhor apostar todas as fichas. E reconheço que não é fácil. É definitivamente um grande desafio lidar com tudo aquilo que pode acontecer e eu não posso prever. Mas entender que isso se chama *viver* ajuda muito. A gente não controla os acontecimentos da vida. Às vezes, quando temos certeza absoluta de que calculamos todas as variáveis e possibilidades, sabemos todas as margens de erro, ainda assim, vem o destino e nos surpreende!

A única coisa que podemos controlar, de fato, são as nossas escolhas. Porque a gente pode, inclusive, não escolher nada. Mas todo o resto é possível. E isso não é ruim. Muitas coisas acontecem inesperadamente e são incríveis. Pessoas que nunca imaginamos conhecer e passamos a amar, festas às quais nem estávamos pensando em ir e são sensacionais, propostas de emprego, notas altas numa prova cujas questões pensamos ter errado todas, presentes, enfim, as mesmas chances que temos de ter maus momentos, temos de ter bons momentos. Só não podemos deixar a ansiedade e esse medo do desconhecido nos impedir de viver. Porque isso é tudo que irá nos frustrar no futuro.

Eu não quero ser alguém que olha para trás e se arrepende de não ter ido, não ter feito, não ter se permitido. Eu não quero ser alguém que olha para trás e pensa: *Poxa, mas eu poderia...* e já não poder mais. E é por isso que tenho tentado ir com medo mesmo. Faço dele a minha companhia. Faço dele um amigo que me aconselha, até porque eu nem sempre sigo os conselhos dos meus amigos. Às vezes, de fato, eles têm razão. Às vezes, de fato, eles poderão dizer: "EU TE AVISEI". Mas, em muitas outras, essa frase sairá da minha boca em um alto e bom: "QUE BOM QUE EU NÃO TE OUVI E ME PERMITI".

Acho que a ação é essa: se permitir.

Saio de casa com a sensação de que mil coisas podem acontecer, mas tem uma música de forró cantada por um cantor nordestino chamado Flávio José – que sempre usei como mantra não só para quando tinha medo de sair, mas quando eu tinha medo de qualquer coisa que não poderia prever –, que vou deixar aqui contigo para que se torne o teu mantra também:

"Se avexe não

Amanhã pode acontecer tudo, inclusive nada

Se avexe não

A lagarta rasteja até o dia em que cria asas

Se avexe não
Que a burrinha da felicidade nunca se atrasa
Se avexe não
Amanhã ela para na porta da sua casa

Se avexe não
Toda caminhada começa no primeiro passo
A natureza não tem pressa, segue seu compasso
Inexoravelmente chega lá."

Se avexe não.
Vá!

ME DISSERAM, OUTRO DIA, QUE ANSIEDADE É "MENTE VAZIA". SÓ CONSEGUI RESPONDER SORRINDO. **QUERIA EU** TER A SORTE DE TER A CABEÇA SEM PENSAMENTOS. MINHA MENTE ANDA UM TANTO QUANTO **SUPERLOTADA**.

QUERIDO PAPAI NOEL

É no escuro do quarto que a gente se permite ser quem é. É que lidar com a ansiedade e ser adulto, ao mesmo tempo, significa tentar adiar, ao máximo, o choro preso na garganta, porque as obrigações pedem um nível de autocontrole um pouco maior naquele momento. É, literalmente, uma paródia daquela frase típica das mães, que, hoje, aplico da seguinte forma: "Na volta a gente chora". Torcendo para que, na volta para casa, a vontade de chorar tenha passado. Mas os meus travesseiros vivem encharcados.

Já passei da fase de esconder que lido com uma série de demônios que assombram todo o meu equilíbrio emocional. Hoje, sou honesto comigo mesmo para assumir que, às vezes, sou a pessoa mais feliz do mundo. Outros dias, queria não precisar levantar da cama. Mas... os sonhos têm pressa. Não dá para ficar deitado confortavelmente enquanto uma série de sirenes soam em minha cabeça me pedindo para dar mais e mais passos rumo a um lugar que nem sei bem onde é, mas aonde quero chegar.

O pior, nem sempre, é lidar com os sintomas, com as sensações que a ansiedade causa, traz. A parte mais chata é ter que lidar com os olhares assustados porque eu digo que choro, que nem sempre estou bem. É ter que lidar com os dedos apontados de que o meu peito acelerado é drama, que é cabeça vazia. Olha, amigo, tudo o que mais sonho no mundo é esvaziar a minha mente de pensamentos. Ela está superlotada. E queria também que fosse "falta do que fazer". Mas a verdade é que preciso, como diz aquele velho ditado popular, "assoviar e chupar cana", além de sorrir.

Só queria mesmo, para ser sincero, acordar, amanhã pela manhã, e perceber que todos os meus problemas foram resolvidos. Ou, pelo menos, os mais densos. Que dependem de uma série de fatores, que dependem do Universo para serem transpassados. E, sendo honesto, não tenho o menor problema em arregaçar as mangas e batalhar em busca do que quero. Só que, nem sempre, ou pior, quase nunca, é falta de esforço. Na maioria das vezes, só não é a hora certa. E eu, ah, eu ainda não tenho maturidade emocional para lidar com a espera. Me sinto uma criança de cinco anos esperando pelo Papai Noel, mesmo estando em maio.

SEJA VOCÊ

MESMO QUE NINGUÉM ENTENDA, CONCORDE OU APOIE. SEJA VOCÊ. MESMO QUE O MUNDO REJEITE. SEJA VOCÊ. E EU TE ADIANTO: NÃO SERÁ FÁCIL. MAS É MUITO MAIS DIFÍCIL DEITAR A CABEÇA NO TRAVESSEIRO, TER AGRADADO A TODOS E SER INFELIZ COM QUEM SE É. SEJA VOCÊ. AO FINAL DE CADA NOITE, TERÁ VALIDO A PENA.

TE PROMETO.

NÃO FOI FÁCIL, MAS CHEGUEI ATÉ AQUI.

O Caio Fernando Abreu é um dos meus escritores favoritos do mundo, desde que li *Morangos mofados*. E o Caio tem uma frase que diz: "Escrever é como enfiar os dedos na garganta e vomitar". Eu não consegui pensar em uma metáfora melhor para dizer tudo que preciso dizer neste texto. É que ele vem de um dos momentos mais angustiantes de toda a minha vida. Vem da parte mais profunda e sombria do meu ser. Vem daquele pedacinho da memória que eu gostaria, verdadeiramente, de esquecer, de apagar, de deletar, mas eu não consigo sequer fingir que nunca existiu.

Eu sempre fui uma criança muito feliz. Eu sempre fui um adolescente muito alegre. Mas o sorriso de fora nem sempre traduz o estado de espírito de dentro. A verdade é que a época do meu Ensino Fundamental e Médio foi a pior da minha vida. Foram anos marcados por apelidos, ameaças, lágrimas, angústias, vontade de não sair de casa, baixa autoestima, inseguranças e medos.

Gostei de meninas. É importante partir desse princípio. Durante cada ano escolar, eu fui apaixonado por uma menina diferente. E eu posso listar os nomes de algumas: Bruna, Taíse, Giuliana, Ilana, Rayane... No entanto, os meninos da minha turma, os meninos mais novos, os meninos mais velhos, viram algo extremamente gay em mim. E foi aí que tudo começou. Mesmo tendo um peito que batia por garotas, eu quase que apanhava fisicamente, mas era esmurrado verbalmente por outros garotos homofóbicos que achavam que era errado ter trejeitos delicados, usar franja, ter uma voz doce e ser gentil. Detalhes que, durante muito tempo, condenaram em mim.

E era muito difícil entender tudo aquilo.

Era muito complexo para um garoto de dez, onze, doze ou treze anos, para um carinha que até dezessete anos só tinha beijado mulheres, mas ser taxado de gay, sem nunca ter beijado um homem. Eu me questionava todos os dias o motivo de merecer aquilo. Eu dormia chorando por várias noites tentando me masculinizar. Tentando não parecer o que eles condenavam, na esperança de ter um pouco de paz, sabe? Eu só queria ir para a escola, estudar, brincar e conversar com meus amigos, mas eu não podia sequer fazer Educação Física direito. Eu me lembro claramente do dia em que fui obrigado a frequentar as aulas de futsal. Eu fui tão, mas tão mastigado naquele dia, que corri para o banheiro e me escondi até a hora de ir embora.

Achei que tudo melhoraria mudando para handebol.

Achei que o problema eram os meninos que gostavam de futebol.

Achei errado.

— Não é para alisar a bola, é para jogar!

— Olha os pulinhos dele em direção ao gol...

E uma bolada no rosto.

Achei que tudo melhoraria mudando para vôlei.

Achei que o problema eram os meninos que gostavam de handebol.

Achei errado.

— Saca feito homem, porra.

— Anda, viadinho, a gente não tem a vida toda.

E uma ameaça:

— Se você contar para alguém que a gente te zoa, a gente te pega na saída.

E assim eu fui sumindo. Bem aos poucos.

A essa altura, eu já não tinha mais autoestima.

E não sei explicar como, por que, mas passei a deixar o cabelo crescer.

Acho que, no meu caso, era desleixo.

Acho que era uma forma de só me deixar existir sem ter que me cuidar.

Lembro que fingia que era por vontade. Mas eu me achava absurdamente feio com o cabelo comprido. E tinha verdadeiro horror a imaginar cortar e ficar ainda pior. Eu queria me esconder atrás de cada mecha.

Lembro que minha mãe escolhia as minhas roupas nessa época, porque eu desgostava de quase tudo.

E cada centímetro que o meu cabelo crescia parecia atear um balde de álcool numa fogueira.

E as chamas só aumentavam.

E os apelidos com nomes de mulheres só se multiplicavam.

Mas se você me visse pelos corredores com os meus amigos, nunca diria que tudo isso se passava. Bom, os colegas mais próximos até presenciavam. Ouviam. Mas eu aparentava não me importar. Sempre ouvi que quanto mais você se importava com uma perturbação, mais as pessoas te perturbam. E foi aí que eu aprendi a encenar felicidade. Fiz questão de me cercar de alguns que me amavam e aceitavam como eu realmente era e, pelo menos por fora, liguei o foda-se para tudo aquilo.

Minha mãe nunca soube o que realmente acontecia por dentro de mim enquanto eu sofria bullying.

Meus amigos nunca souberam o que realmente acontecia por dentro de mim enquanto eu sofria bullying.

A direção da escola nunca soube o que realmente acontecia por dentro de mim enquanto eu sofria bullying.

E ninguém desconfiava, porque eu estava sempre contente.

E ninguém desconfiava, porque eu estava sempre tirando boas notas.

Ninguém desconfia.

E esse é o principal problema.

As pessoas acham que os ansiosos, que os depressivos, precisam viver com uma nuvem relampejando em cima da testa. Não. Não é isso que acontece. As pessoas estereotipam. E esse estereótipo as impede de ver além. De enxergar os pedidos de ajuda. De perceber que eu estava sempre rindo, mas que meus olhos diziam outras coisas. Que eu estava sempre de bom humor, mas as músicas que apareciam no meu MSN *(se você não é dessa época, ele era um comunicador instantâneo que a gente usava no computador)* não eram as mais felizes do mundo. A gente dá pistas, porque não consegue dizer. A gente dá sinais, porque é difícil falar. A gente pede socorro mudo, porque a voz não sai.

E foi por isso que eu comecei a ter perfis nas redes sociais.

Eu era extremamente rejeitado no mundo real, mas, de uma forma inversamente proporcional, on-line eu encontrava paz sendo eu mesmo.

Lembro claramente que o meu cabelo, que era tão criticado nos corredores da escola, era elogiado cada vez mais, a cada foto, no Tumblr. A minha estranheza parecia combinar com aquele lugar. E lá eu não me sentia menos estranho, eu me sentia mais em casa. Era como se alguém dissesse assim: "Oi, que bom que você é diferente de todo mundo aqui, porque aqui ninguém se parece com ninguém, e a gente estava procurando alguém como você para ser estranho conosco".

E eu fiz das redes sociais o meu refúgio.

E eu fiz dos textos que postava nas redes sociais o meu pedido de ajuda.

E foi assim que eu cheguei até esta página escrita de um livro.

Eu me doí inteiro, eu transformei cada lágrima em texto. E cada texto me levou um passo adiante. E a cada passo eu fui subindo um degrau. E cada degrau se tornou uma conquista para ser comemorada agora.

E, por falar no agora, antes de decidir escrever sobre o bullying que sofri, estava justamente pensando em como eu gostaria de poder voltar no tempo e dizer ao Matheus adolescente que os dias futuros seriam mais leves, felizes e ensolarados. Que ele não teria na vida dele sequer notícia de onde estariam aquelas pessoas que, diariamente, machucavam-no.

Onde será que essas pessoas estão?
Como será que essas pessoas estão?
Será que estão felizes?

Será que elas se lembram do que me fizeram?

Quer saber? Eu não quero saber.

Eu estou bem agora.

Consegui vencer aquela fase angustiante.

Mas eu ainda queria poder dar uns conselhos ao Matheus adolescente. Como não vou poder, vou dar a você, que me lê, na esperança de que você dê a outro adolescente, ou caso você seja um, ou caso você passe por algo desse tipo, ou conheça alguém que passe, enfim. Eu quero jogar estes conselhos ao vento na esperança de que ele sopre e se ocupe em direcionar a quem precisa ouvir. Ou melhor, ler.

Peça ajuda.

Peça socorro.

Não precisa falar de forma bonita. Você só precisa falar.

Seja com qualquer pessoa que você ame de verdade e te ame. Ou qualquer autoridade. Fale. Chore. Grite. Implore clemência, mas não se cale.

Eu me arrependo de não ter pedido ajuda.

Eu me arrependo de não ter pedido socorro.

Eu tive que lidar com tudo aquilo sozinho e, por esse motivo, hoje, tenho diversas inseguranças. Eu não conseguia, até outro dia, gravar áudios e vídeos porque os caras que me zoavam falavam muito mal da minha voz. Que era afeminada. E eu tinha vergonha de falar. Imagina! Eu tinha vergonha de me comunicar por medo de ser rejeitado. E ser rejeitado por algo que não é errado. Não tem nada de errado com a minha voz. Independentemente de como ela seja. Do mais grave que eu possa falar ao mais agudo que eu consiga alcançar.

Peça ajuda.

Peça socorro.

Você precisa de apoio emocional. Você precisa de apoio psicológico. E eu, por me calar, só consegui isso muito tempo depois, mas tenho certeza de que se tivesse conseguido antes, tudo seria mais leve.

E quero continuar...
Você não é errado por ser você.
Você não é melhor ou pior por ser você.
Seja você gay, hétero, bi, assexuado, homem, mulher, travesti, transexual, drag, cisgênero, gênero fluido, transgênero, agênero, não binário... Seja você.
Ainda que o mundo não te entenda, seja você.
Ainda que o mundo não te aceite, seja você.
Ainda que o mundo não te abrace, seja você.
Ainda que o mundo te xingue, seja você.
Ainda que o mundo seja cruel do jeito que ele é, seja você.
Ainda que o mundo diga que você tem um jeito afeminado, seja você.
Ainda que o mundo diga que seu jeito de ser é errado, seja você.
E seja você do jeito que você achar que deve ser.
E seja você do jeito que você achar que te fará feliz.
Independentemente da cor da sua pele, altura, peso, da forma do teu cabelo, das tuas curvas, do teu corpo, das tuas marcas, do teu passado, do teu presente e do teu futuro, seja você.
A única pessoa a quem você precisa verdadeiramente agradar mora dentro do teu ser. E ela tem que ser a sua prioridade na hora de buscar felicidade.
E eu quero te dizer ainda que eu sei, do fundo do meu coração eu sei, que não vai ser fácil ser você, se o mundo inteiro te condenar. Mas eu estou no mundo e eu te aceito. Incondicionalmente.
E eu me aceito também.
Me descobri gay com uns dezoito anos. Conheci meu primeiro namorado no Twitter, porque nós dois éramos fãs de Amy Winehouse e ambos íamos para o show dela que haveria no Brasil e estávamos comentando sobre isso por lá. Nos achamos. Nos aproximamos. Depois de muitas conversas ele se declarou. Eu disse que não queria papo com ele se ele continuasse com aquelas conversas. Era tudo muito novo para mim. Eu não tinha

referências sobre o que era ser gay. E é por isso que hoje eu entendo tanto a importância da representatividade. Porque precisamos ver outras pessoas parecidas com nós até para sabermos e entendermos quem somos. Eu não sabia que eu podia ser gay até alguém surgir e me mostrar que aquilo que eu sentia tinha um nome e não era errado. Até que o amor falou mais alto. E eu comecei a sentir uma saudade que não me era comum. E eu comecei a me lembrar dele e a pensar nele de uma forma que nunca havia feito antes por ninguém. E foi aí que eu vi que não podia lutar contra aqueles sentimentos.

Não sei se não amei intensamente as meninas que vieram antes. Talvez eu tenha amado. Mas com ele foi diferente. E eu também não sei se não amei outros meninos antes. Talvez eu só não tenha percebido. E tudo bem. Eu aceitei o meu processo. Eu aceitei as minhas etapas. Eu aceitei e aceito todo os sentimentos que surgiram e que surgirem honestamente em meu peito. Independentemente de por quem sejam eles.

E esse é o melhor em fazer as pazes consigo.

No mais, o meu último conselho é: tudo passa. Absolutamente tudo vai passar. Das dores às pessoas que as causam. Mas você permanecerá. Você é o único personagem que nunca sairá de cartaz no palco da sua vida. Então, se cuide. Por favor.

Nunca deixe que digam que você não é especial.

Para mim, você é.

No mais, tudo que passei me trouxe ao agora. E eu não quero, de forma alguma, romantizar o sofrimento. Não. Ninguém precisa sofrer. Ninguém precisa chorar, mas, agora que tudo isso é passado, sei que o que aconteceu me trouxe para as tuas mãos neste momento em forma de livro. De poesia. De arte. E o meu agora é feliz. Então sorria comigo. As minhas páginas têm algumas marcas de lágrimas, mas a gente também sabe rir de felicidade. Como estou neste segundo.

Não foi fácil, mas cheguei até aqui.

MEU SEXTO SENTIDO NÃO FALHA. Nunca me afastei de ninguém por engano. Todas as pessoas que tirei da minha vida, de fato, não **MERECIAM** ficar nela.

MEDITAÇÃO E A ARTE DE ENCONTRAR PAZ

Tem detalhes sobre nós que pensamos passar despercebidos, não é? São expressões faciais, falas, gestos, sinais que emitimos e achamos que ninguém nota. Ontem foi dia de zerar algumas pendências da vida adulta. Burocracias, fazer compras do mês no supermercado e afins. Mas tudo fica mais leve quando temos ao lado amigos com quem dividir as tarefas. Por isso, eu e Guilherme decidimos cumprir nossas obrigações juntos.

No meio do caminho, avistamos uma barraquinha de cristais de energia. O Gui é muito ligado nessas coisas. Eu gosto muito, mas confesso ser um verdadeiro leigo; mesmo assim, fiquei ouvindo atentamente a conversa dele e do vendedor sobre as pedras, como cada uma age, os benefícios e tudo mais. Num dado momento, ele me deu uma de presente. Pelo que aprendi ali, a que eu ganhei é a pedra da lua, que é mística, emite vibrações espirituais, aumenta a intuição, expande a mente e aumenta também o nosso poder de atração e magnetismo pessoal, além de estimular nossa criatividade e indução para a arte.

Depois de receber meu amuleto, saímos andando e conversando sobre a vida. Até que ele me disse a seguinte frase: "Uma coisa que já reparei em você é que quando alguém age com grosseria ou de forma ríspida, mesmo que não intencional, mesmo que só falando de forma mais rígida, você se afasta. É como se você desse alguns passos para trás na tentativa de se manter distante daquela pessoa. Você é muito, muito sensível".

Quem me conhece a uma certa distância, sem passear os olhos pelos meus textos, não acha que eu sou esse poço de sensibilidade. Tenho um jeito mais sério em alguns momentos e até prático de ser e existir. Sou muito sincero também. Além de ser um verdadeiro palhaço e ficar fazendo todos rirem. Acho que são escudos que uso para proteger a minha parte mole. A minha parte água com açúcar, mas sim, de fato, sou uma das pessoas mais sensíveis que conheço. Não gosto que levantem a voz para mim. Não gosto de agressividade. Não gosto sequer daquelas brincadeirinhas de tapas, beliscões e cócegas. E eu realmente me afasto de quem age de forma grosseira. Não acho que sou obrigado a conviver com isso.

Mas a minha sensibilidade vai muito além disso. Da parte emocional. Ela também está na minha parte espiritual. Eu sou sensível e sensitivo. Meu sexto sentido é absurdamente forte e eu nunca desgosto de ninguém por acaso. Até hoje, sempre que o meu instinto me alertou sobre alguém, eu, realmente, não deveria me manter próximo a esse alguém. Ou deveria, pelo menos, manter os meus dois olhos bem abertos para as ações e atitudes dessas pessoas.

E essa sensibilidade me faz, em certas ocasiões, ser um tanto quanto peneira. Sinto que filtro a energia dos lugares, das pessoas. É como se o meu corpo tentasse converter energia pesada em energia boa. Energia densa em energia gracinha. E isso costuma me esgotar. Lugares com muita aglomeração são verdadeiras kriptonitas para mim. É por isso que eu gosto de sair com um chocolate na mochila. Lá em Harry Potter, quando você é derrotado pela presença de dementadores, o chocolate serve de antídoto. Sem falar que esse docinho ajuda, de verdade, segundo diversos estudos, a combater o estresse e a ansiedade.

Mas, às vezes, só o chocolate não basta e eu preciso mergulhar em águas mais profundas para dar conta de lidar com um emocional que é bombardeado de forma voraz pela energia do ambiente, das pessoas, pelos problemas do mundo, pelas notícias que causam nós na garganta. Às vezes, a gente precisa de muito mais que até um banho de sal grosso. E foi aí que eu aprendi a meditar.

Eu havia terminado um relacionamento muito longo. Eu estava muito mal. Resolvi viajar para a casa do meu amigo João em Salvador para mudar o meu cenário, para me afastar do lugar onde tudo ainda me lembrava do meu antigo amor. Mas nada estava surtindo tanto efeito. Eu continuava não conseguindo comer, eu continuava chorando muito, eu continuava me debatendo e afundando na areia movediça dos dias. Até que, em um dado momento, João chegou à noite do trabalho e eu estava deitado na cama, com todas as luzes da casa apagadas e uma música triste ecoando pelo ambiente. E esse meu amigo tem um jeito único e extremamente bem-humorado de ser. Ele já começou a gritar *(de forma gentil, não foi grosseria)*: "CHEGA, VAMOS MUDAR ISSO, VAMOS MUDAR A VIBRAÇÃO DESTA CASA, VAMOS SAIR DESSA AMARGURA. VOCÊ NÃO É ASSIM. VAMOS, CHEGA, CHEGAAAAA!".

E acendeu um incenso.

E me fez ficar sentado na cama, de pernas cruzadas e coluna ereta.

E deu play num vídeo no YouTube.

E me ordenou: "Siga absolutamente todos os passos que a voz dessa mulher disser. Se ela mandar imaginar, imagine. Se ela mandar respirar fundo, respire. Se ela mandar, não importa o quê, obedeça".

Eu já não tinha mais nada a perder.

Eu já tinha tentado de tudo.

Por que não, então, me render?

E assim eu fiz. E assim eu fui.

Ele havia colocado "meditação guiada para resgatar a alegria de viver" na pesquisa do YouTube. E foi assim que eu tive contato pela primeira vez com a meditação. Com a prática de respirar e deixar o corpo caminhar. Com a forma milenar de voltar seus olhos para dentro de si, de se autoconhecer, de se autoabraçar.

E deu certo.

Eu consegui parar de chorar e me senti revigorado.

Claro que não totalmente.

Foi a primeira vez.

Foi um afago num coração machucado.

Mas sabe quando você está com dor de cabeça, toma um relaxante muscular e sente que ele caiu na tua corrente sanguínea e aquela dor começa a se dissipar? Foi o mesmo efeito.

Desde então, me tornei adepto da meditação guiada.

E ela existe aos montes. Para ansiedade, para dormir melhor, para atrair energia positiva, para o amor, para uma infinidade de necessidades que todos nós temos. E é acessível. E é democrática. E está só a alguns cliques de você.

Desde então, passei a reservar alguns minutos, logo após despertar, para meditar. Nem todos os dias consigo. A vida é realmente corrida. Mas, quando não é possível pela manhã, faço antes de dormir, ou numa folga da tarde, porém não passo muito tempo sem me permitir a sensação que é ter leveza no corpo e na mente. E sim, você pode me dizer que não consegue se concentrar, que não consegue parar de pensar, que não consegue e fim de papo. Mas nem todo mundo consegue de primeira. Mais importante que não deixar de pensar é canalizar os pensamentos, lidar melhor com eles. E é uma tentativa, uma persistência válida.

Eu sou outra pessoa desde que inseri a meditação guiada em meus dias. Ela me auxilia de inúmeras formas, mas ainda mais em adquirir equilíbrio emocional, em conseguir lidar melhor com as crises de ansiedade, em saber quem eu sou, quais os meus limites, prazeres e necessidades.

Tente.

Se permita tentar.

E se não for para você, tudo bem.

Você se permitiu.

E, ah, lembra da pedrinha da lua que o Guilherme me deu? Descobri que ela também ajuda nas meditações e é bom ter uma por perto nessas horas. Ele me contou ainda que, quando você ganha um amuleto desses de alguém que gosta muito de você, ele se torna ainda mais forte. Acho que a história inteira se amarrou. Tudo fez sentido. Que paz.

Já fui do tipo que perdia o chão por qualquer topada, que se desesperava, que achava que tudo significava o fim da linha. Hoje, faço das dificuldades a lenha que mantém a minha fogueira acesa. Em vez de achar que qualquer adversidade seria capaz de me limitar, me prender ou atrasar, eu queimo.

Ganho impulso, coragem e luto. Não sei desistir de querer ser feliz.

OBRIGADO POR NÃO DESISTIR

Às vezes é difícil continuar, sabe? Parece que é o limite. A linha de chegada. Que não existem mais alternativas. Que a única saída é pensar naquela situação que eu nunca sequer me permiti imaginar, mas, às vezes, é tão tentadora. Parece que seria mais fácil, parece que seria mais rápido. Parece tanta coisa que eu não consigo focar em uma só. O meu coração acelera, minhas veias congelam, os meus pulmões se entopem, os meus nervos ficam à flor da pele, meus olhos seguem embaçados de tanto chorar e quanto mais eu choro, mais lágrima brota. Mesmo quando eu acho que não tenho nem mais uma gota de água no corpo.

A gente precisa falar sobre morrer.

A gente precisa falar sobre quem não conseguiu ficar aqui.

A gente precisa falar sobre os pensamentos mais obscuros que rondam a nossa cabeça.

Eu nunca achei que morrer fosse solução e já te adianto. Eu nunca achei que seria a melhor saída. Eu nunca sequer cheguei a tentar. Nada nunca foi fácil para mim, mas, sempre que eu imaginava essa solução, tinha certeza absoluta de que esse preço alto seria ainda mais alto depois. Durante. Em algum momento. Se fosse tão simples assim, não existiria mais ninguém para ler meus livros. Nem eu estaria aqui. O problema é que a gente não suporta mais sentir dor. Seja física ou psicológica. E a gente, volta e meia, tenta sentir uma dor mais forte que sufoque a mais fraca.

Eu já tive uma crise de ansiedade tão forte que me arranhei em diversas partes do corpo. Não foram cortes, mas unhadas, não sei como chamar de outra forma. E foi o mais fundo que consegui ir. Tenho amigos que tentaram se matar, de fato. Outros que se cortaram. E todos nós descobrimos que nada daquilo traria a solução que queríamos. É que fugir de um problema não o torna menor. Por mais que a vida pareça sem saída, ainda assim, existe uma saída.

A minha saída foi a terapia.

A saída de _____ foram os remédios prescritos pelo psiquiatra.

A saída de _____ foi uma conversa franca com os pais.

A saída de _____ foi conseguir terminar um relacionamento abusivo.

A saída de _____ foi a atividade física.

A saída de _____ foi pedir demissão.

A saída de _____ foi implorar socorro aos amigos.

Existem saídas. Existem alternativas. Eu sei que parece fácil dizer, e é terrível quando é o nosso calo que está sendo pisado, mas eu te juro que não é simples para mim também. Precisei de muito autocontrole, de um punhado gigante de fé em Deus, precisei lembrar dos meus sonhos, não me deixar esquecer que tudo, absolutamente tudo, não importa o quê, por quê, nem quando, mas passa. Tudo passa.

Ou melhor, a gente faz passar.

A gente, junto, faz passar.

E se você acha que acabou para você, encerre este capítulo e se prepare para o próximo. Tente de novo. E de novo. E mais uma vez, até conseguir, mas morrer, amigo, não vai te tirar do que você precisa sair. Isso a gente consegue em vida. Seja o final de um namoro, uma desilusão profissional, seja falta de paz no coração, seja bullying, ameaça, seja lá qual o motivo do teu desespero, a gente pode resolvê-lo em vida.

E eu acredito que a gente não está aqui passeando. Acredito ainda que daqui a gente vai para algum lugar. Veio de algum lugar. É injusto achar que somos meros punhados de células que nascem, crescem, se desenvolvem e desaparecem. É injusto ver a vida por esse ângulo, mas eu concordo com você que a vida não é justa. Se fosse, a gente não passaria por nada disso.

Mas eu te peço: não vai embora.

Não coloque um ponto final, por favor.

Procure ajuda.

Ajuda da sua família e, se eles não puderem, ajuda dos seus

amigos e, se eles não existirem, ajuda profissional e, se você não puder pagar, do governo, do SUS, do CVV. Existe um lugar chamado Centro de Valorização da Vida que tem voluntários prontos para ajudar se você ligar 188. Eles vão te escutar. Eles vão te aconselhar.

Mas é importante que você não deixe de pedir ajuda.

A qualquer pessoa. A um desconhecido ou a todos os seus amigos do Facebook. Mas peça ajuda, peça socorro.

Eu fiz isso.

Os meus amigos fizeram isso.

Todos aqueles espaços lá atrás no texto eram nomes reais de pessoas que estavam ao meu lado e encontraram outras saídas.

E não foi fácil.

Eu repito isso o tempo inteiro para que você saiba que eu te entendo.

E nesse meio-tempo a gente perdeu algumas pessoas queridas.

Pelos mais diversos motivos.

Das mais diversas formas.

E sempre que um de nós se vai, a gente tem absoluta certeza de que poderia fazer mais.

E é isso que eu estou fazendo aqui.

Não é fácil expor nada do que eu passo. Não é agradável assumir nada disso.

Mas eu só quero que você saiba que do outro lado do papel existe alguém que passa pelos mesmos dilemas que você. E se não for pelos mesmos, por outros. A gente não precisa comparar as vidas, mas todos nós sentimos muito. E cada um de nós arruma uma forma de seguir em frente.

Só não me deixe sozinho nesta luta.

Me dê tua mão e sigamos juntos.

Eu e você.

Sigo aqui lutando contra os meus fantasmas e demônios. Sigo fugindo como se um cão voraz estivesse me perseguindo na rua. Mas estou caminhando. Estou dando passos. E eu sei que você é capaz também. Eu sei que você pode achar que não tem mais forças, mas você superou tudo que te aconteceu até hoje e isso só prova o quão forte você é.

Sendo assim, como amigos que fazem um pacto, eu te juro: eu não vou desistir, mas preciso que você reme comigo. Sozinho eu não consigo. Mas se você vier ao meu lado, mesmo que energeticamente, mesmo que em pensamento, eu continuarei de pé.

Peça ajuda.

Não se deixe morrer.

Morrer não é solução.

Isso que te aflige hoje vai passar.

Eu não posso te prometer quando, mas te prometo que vai.

E te imploro: não desista.

Estou te esperando para continuarmos.

Sem leitor não existe escritor.

Você é a minha dupla.

E, só por ter lido tudo isso e aceitado continuar, eu te devo um abraço.

E eu quero pagar essa dívida.

Então, não sei quando, mas em algum momento da nossa vida, precisamos nos abraçar.

Fisicamente.

Num lançamento de livro.

Num evento.

Num encontro por acaso.

Mas eu te devo um abraço.

Mas eu te devo um "obrigado por existir, por não desistir".

Obrigado por estar aqui.

Apesar do que insiste em pesar.

Obrigado.

DIAS FELIZES SÃO AQUELES EM QUE A GENTE ATÉ TENTA ACHAR MOTIVOS PARA SE AUTOSSABOTAR,

MAS NÃO CONSEGUE.

O SORRISO NÃO SAI DO ROSTO.

VAI FICAR TUDO BEM

Você se lembra, com facilidade, do último dia em que foi plenamente feliz? Não o dia inteiro, ninguém é feliz em tempo integral, mas aquele dia em que você parou, olhou para dentro e disse: "MEU DEUS, EU ESTOU FELIZ!"? Eu me recordo do meu e faz mais ou menos uma semana. Tinha ido no dia anterior para o show do Troye Sivan, um dos meus cantores favoritos, e, milagrosamente, dormi por nove horas seguidas, sem acordar sequer uma vez no meio da noite, sem nenhum pesadelo, sem me assustar com o barulho do despertador, sem obrigações chatas na manhã seguinte. Eu acordei leve. E a leveza foi o primeiro sintoma da minha felicidade.

Eu, depois de muito me desgastar por quase tudo, percebi que os meus estágios felizes eram aqueles em que eu até tentava me autossabotar, em que a minha mente até me pregava algumas peças, mas nada me tirava do meu bom humor. Nada conseguia me vencer. Nada me tirava daquele estado pleno de felicidade que era simples, mas muito especial. Tipo comer bolo de chocolate, tipo abraçar alguém de moletom, tipo tomar banho de chuva, tipo acordar e ler um "eu te amo" do meu amor.

Os dias felizes na vida de quem lida com a ansiedade são raros, mas especiais. E digo que são raros, porque sinto que a minha felicidade é quase que uma anestesia. Ela faz o mundo parar de correr. Ela faz o meu corpo parar de doer. Ela faz que eu não sinta a minha boca amargar. Ela faz as minhas mãos pararem de tremer. Ela faz que eu não queria saber o que vai acontecer nos próximos cinco segundos ou me faz esquecer do que me aconteceu nas últimas cinco horas.

Mas eu preciso confessar que não sei muito bem falar sobre o que é ser feliz. Como é estar feliz. Eu tenho medo. Um medo absurdo de escrever sobre a felicidade. Eu tenho pavor até de sussurrar que estou contente. Eu guardo a alegria a sete chaves dentro do meu peito. É quase como se eu a escondesse. Eu sorrio aquele riso meio amarelo, meio com vergonha, assim, para ninguém perceber. Eu caminho pelos dias cantarolando na minha cabeça, porque se eu fizer isso com os lábios, podem me perguntar o motivo. Podem desconfiar a causa. E a felicidade me soa como água que eu tento segurar com as mãos e vai escorrendo por entre os dedos. Não demora muito até escoar por inteira.

Para ser honesto, queria entender por que preciso mesmo temer a felicidade. É quase um pavor que vem no combo, sabe? Penso comigo mesmo: *Estou feliz, mas como irei pagar por essa felicidade? O que vai me acontecer de ruim, logo em seguida, para equilibrar a vida?* A minha alegria sempre vem acompanhada de um "se", de um "mas", de um "é que...", de um "até quando". Os meus sorrisos parecem ter prazos de validade. E isso me deixa sempre em estado de alerta. Até mesmo quando tudo que eu deveria fazer era aproveitar o momento. Mas dá medo de que ele acabe. Porque ele sempre acaba.

O que me tranquiliza é saber que nada dura para sempre. Nem a alegria. Nem a dor. Nem mesmo a vida. Então, tento me acostumar com a ideia de que estou vivendo estados de emoções temporárias. De que os sentimentos são rios intermitentes. Ora existe bastante água, ora seca. Mas o curso segue sempre o mesmo. Desaguando sempre no mar do acaso, das ondas do destino. Encontrando sempre uma forma de sobreviver. Independentemente de como esteja o meu coração, eu sempre continuo a caminhar.

O que me acalma é saber que eu estou num processo de reaprendizado do que é felicidade. E que antes eu a atribuía a coisas grandes e agora eu consigo senti-la num sorriso que ganho, num gesto mínimo de receber uma música de alguém que diz "me lembrei de você" ou até mesmo quando meu corpo me permite, como disse aqui no começo deste texto, dormir despreocupadamente. A felicidade, com o passar do tempo, se revela com outras faces para a gente. Ou a gente se atenta aos seus disfarces para encontrá-la mais facilmente, já que num piscar de olhos ela também se vai.

O que me deixa em paz é saber que tudo que me acontece, exceto a maldade humana, tem uma causa muito específica – me fazer aprender uma lição que me será útil para chegar ao meu próximo dia feliz. Vejo a história da minha vida como uma grande fábula. Preciso percorrer muitas páginas até entender qual lição de moral ela esconde. Depois de aprendê-la, aí sim, tudo fará sentido. Então, sei que as lágrimas que eu derrubo hoje estão regando as sementes do meu sorriso de amanhã. E não, não quero romantizar a tristeza, só quero te confortar. Sei que a gente que duela com a ansiedade, às vezes, só precisa ouvir de alguém que tudo vai ficar bem.

Então, ouça uma voz meio rouca com um sotaque baiano meio arrastado, que, no caso, é a minha voz: vai ficar tudo bem.

Vai ficar tudo bem.

E a alegria já está chegando.

Se não chegou, está na véspera.

Eu prometo.

A GENTE DIZ "EU TE AMO" ATÉ SEM DIZER NADA, MAS O EFEITO DESSAS TRÊS PALAVRAS, QUANDO DITAS COM SINCERIDADE, EM NOSSAS VIDAS, VAI MUITO ALÉM DOS SEGUNDOS QUE LEVAM PARA DIZÊ-LAS. NÃO SE ESQUEÇA DE FALAR, EM ALTO E BOM SOM, PARA QUEM VOCÊ AMA. ÀS VEZES É TUDO QUE A GENTE PRECISA OUVIR.

EU TE AMO, PARA SEMPRE

Eu não sei lidar com os finais. Eu não sei lidar com os "nunca mais". Eu tenho um pavor absurdo só de pensar na ideia de perder as pessoas que amo. Pior ainda se for para a eternidade. Para o que a gente não sabe como será depois. Para o luto. Eu tenho medo da morte. E não é da minha morte, porque se fosse ela, eu pelo menos saberia o que estava acontecendo, mas tenho medo da morte de quem eu gosto tanto que chega a me faltar ar só de imaginar perder.

Durante um tempo, achei que só eu sentia isso. Não era um medo normal. Era quase um medo misto de premonição. Você já sentiu isso? Como se uma voz, alguém, qualquer coisa meio que ficasse te avisando que algo de muito ruim vai acontecer com alguém a quem você quer um bem enorme? Antes de conhecer tantos outros ansiosos, antes de escrever meu livro sobre ansiedade, achei que eu era o único a passar por isso. Daí lancei o escrito, encontrei e conversei com muita gente nos lugares aos quais chegava para apresentar o livro e percebi que não era o único a passar por isso.

Já liguei chorando em desespero para minha mãe. Já passei uma noite inteira acordado olhando para o meu ex-namorado. Já mandei mensagem de madrugada para amigos para saber se estava tudo bem. E eu ficava meio paranoico de que eu pudesse estar perdendo aquelas pessoas. De que era a última vez que eu as veria. De que seria o último beijo. De que "até nunca mais" seria a nossa despedida. E isso me deixa em pânico. A ideia de que eu sou completamente incapaz de ajudar a manter vivo o outro. Porque perder em vida é doloroso, mas perder por falta de oxigênio nos pulmões é dilacerador.

E isso tudo me lembra de quando eu perdi minha avó. Sempre fomos eu, minha mãe e ela. Nós três contra o restante do mundo. Minha mãe precisava viajar muito, como representante comercial, para conseguir sustentar a gente. Para conseguir trazer comida para a nossa mesa. Então, minha avó cuidava de mim. E ela estava ao meu lado o tempo todo. Claro que discutíamos diversas vezes porque havia a diferença de gerações. Ela achava que tal coisa era melhor para mim; eu tinha certeza absoluta de que não. Mas eu a amava de uma forma absurdamente grande.

Nunca consegui dizer "eu te amo" para ela.

A gente sempre teve outros jeitos de dizer isso. Era nítido nos nossos abraços. Nos nossos olhares. Nas nossas conversas. Nas vezes que ela me colocava em seu colo e acariciava o meu cabelo.

Mas nunca disse "eu te amo" em voz alta.

Só baixinho, assim, como quem espirra.

Minha avó foi a primeira pessoa que eu perdi para a morte e aquilo me tirou o chão. Aquilo me deixou sem ar. Foi a pior dor que eu já senti sem que ninguém tivesse me batido. Sem que eu tivesse levado um tombo. Sem que algo físico tivesse rompido os limites da minha pele. Mas me cortou.

Foi aí que eu comecei a ter medo de perder as pessoas.

Foi tão triste ter que me despedir da minha companheira de desenhos animados que eu simplesmente não conseguia imaginar a ideia de perder mais alguém.

Quando esse pavor se somou à ansiedade, isso tudo ganhou ainda mais intensidade. E eu já não sabia mais o que era sexto sentido ou insegurança. Eu não fazia ideia se era um pavor de alguém que passou por uma experiência traumática ou o aviso do meu anjo da guarda para que eu me preparasse para o pior.

E o que a gente faz nessas situações?

A gente ora? Chora? Se desespera? Implora a Deus que aquilo não aconteça? Fiz isso. Muitas vezes. Fiz diversas promessas. Rezei terços inteiros. Me ajoelhei. Isso porque sou religioso, mas algumas pessoas não são. E tive também crises de choro. Tive até crise nervosa de me arranhar inteiro.

E então me rendi.

Me rendi ao fato de que estamos todos de passagem.

Me rendi ao fato de que ninguém dura para sempre.

Me rendi ao fato de que eu não poderia cometer o mesmo erro novamente.

A única forma de manter as pessoas vivas é amando elas.

Porque, dessa forma, ainda que elas não tenham um coração pulsando no peito, irão pulsar no nosso.

E eu passei a dizer mais "eu te amo".

Eu passei a romper o medo de dizer isso em voz alta.

Eu não posso, de fato, impedir que a morte leve alguns.

Eu não tenho como.

Infelizmente sou impotente neste sentido.

Mas eu posso agir enquanto existir vida.

E, desde então, desde que em uma das sessões da terapia eu desabei em lágrimas e entendi que não tinha como mudar o fato de que a vida acaba, passei a valorizá-la. É aquela história de se unir ao inimigo, sabe?

Agora, dou amor.

Dou todo amor do mundo.

Se eu amo, coloco nos outdoors da nossa relação.

Seja qual for.

Família.

Amigos.

Amores românticos.

Eu não sei até quando te tenho aqui.

Eu sei que não posso impedir que você vá.

Mas eu tenho certeza de que o que está ao meu alcance é te dar amor.

E amo como se fosse a única coisa que eu soubesse fazer da vida.

Minha avó me ensinou isso sem sequer trocarmos um "eu te amo" com cada som das sílabas dessas palavras. Mas, vó, sei que nunca é tarde para dizer isso.

Ouça agora, com a minha voz, onde quer que você esteja: EU TE AMO.

E VOU TE AMAR ENQUANTO EU RESPIRAR.
E ATÉ DEPOIS QUE EU NÃO CONSEGUIR MAIS ENCHER MEU PEITO DE AR.
ONDE QUER QUE EU ESTEJA,
EU VOU TE AMAR.

(Faça isso com os seus. Não é uma ordem, mas um pedido de alguém que queria conseguir voltar no tempo.)

QUANDO A GENTE CHORA DE FELICIDADE, É COMO SE A LÁGRIMA ESCORRESSE DOCE.

NO FIM, A GENTE SABE QUE NEM TUDO ESTÁ PERFEITO, MAS EXISTE ALEGRIA.

E O CORAÇÃO TRANSBORDA PELOS OLHOS DE CONTENTAMENTO.

CRISE DE CHORO DE RISO

Nunca pensei que eu fosse conseguir chorar de felicidade. É que sempre atribuí ao choro um quê de tristeza. De melancolia. De aperto no coração. Nunca consegui derramar esse tipo de lágrima – até agora. E, depois de passar por essa experiência, só consigo dizer que... é tão diferente a sensação de chorar de alegria. É um misto de "ufa" com "uhul!!". Uma sensação de "nem tudo está perfeito, mas que bom que o coração está contente".

Não sei bem como assumir isso, mas preciso confessar que nunca fui a pessoa mais otimista do mundo. Pior. Eu nunca me senti tão merecedor das alegrias. Dos contentamentos. Nunca me vi de uma forma especial. Nunca me vi com tanto carinho. Sempre admirei mais os outros. Sempre olhei para eles das melhores formas possíveis e com todo amor que sinto no coração. Acho que, de um jeito torto, sempre amei os outros como gostaria de ser amado. E não, não foi pela reciprocidade, foi pela carência de me preencher. De me "bastar".

A gente ouve muita coisa feia durante a vida. A gente ouve que não é tão bonito, tão legal, tão inteligente; a gente ouve e internaliza isso. A gente abraça isso muito forte. O problema é que essas palavras são como âncoras amarradas em nossos pés. As pessoas lançam, a gente se prende àquilo e afunda. E segue afundando. Cada vez mais. Dentro da gente. Até quase sufocar.

Mas, um belo dia, a gente acorda para a vida e pensa: *Tudo bem que o outro não me ache a pessoa mais bonita, mais legal, mais inteligente do mundo. Mas... O que eu acho de mim?* Será que eu realmente preciso acreditar mais na opinião de uma pessoa que não superou todos os obstáculos da minha vida, que não se reergueu depois dos meus diversos finais, que não conseguiu passar pelas minhas crises de ansiedade? Ou será que eu preciso ouvir mais o cara que fica de frente para mim no espelho do banheiro e se motiva, dia após dia, a vencer um limite por vez, o cara que tenta driblar a autossabotagem e, de um jeito ainda torto, começou a se abraçar e, de forma inédita, chorou de felicidade? As pessoas sempre irão falar demais. Eu, de verdade, só preciso aprender a me ouvir.

Sou a minha própria pedra no caminho. Em vez de sorrir pelos bons motivos que a vida oferece, tento antecipar os problemas que, um dia, quem sabe, poderão aparecer e me roubar estas mesmas gargalhadas.

E o riso desaparece e a ansiedade chega, se é que um dia ela se foi.

FELIZ PARA SEMPRE

Acabei de tropeçar em uma constatação: sou a minha própria pedra no caminho. Quer dizer, não é nada novo, mas... dói mesmo assim. A verdade é que até a minha psicóloga já me disse uma vez: "Você cria os seus próprios problemas". Mas... acho que não sei lidar quando as coisas dão certo. Quando tudo, aparentemente, entra no eixo, cavo buracos para desenterrar sentimentos e sensações que me angustiam de uma forma que não sei bem explicar.

Estou acostumado a ver tudo desandar. Esse é meio que o roteiro básico da minha vida. Precisar lutar exaustivamente até conseguir um resquício de felicidade. Sendo assim, quando tudo flui, quando o universo contribui, o que acontece? Eu me saboto. Eu tenho um absurdo, infundado e ilógico medo de dar certo. Medo de que tudo funcione. Medo de que as coisas saiam como planejei.

Sempre bate aquela sensação de "e depois?" em meu peito. Algo como: lutei para ter o que queria e, finalmente, tenho, mas... e agora? O que vem depois? O que acontece depois que a gente realiza um sonho? Cria outro? Segue outro plano? Qual plano? E sim, eu sei, mais uma vez, estou colocando o carro na frente dos bois. Estou tentando prever o futuro. Estou fazendo um milhão de projeções para ver se o amanhã será mais confortável do que o hoje.

A ansiedade não me deixa em paz. Ela me asfixia quando tudo está um caos. Ela me estapeia quando o sol aparece e ilumina o dia. Ela me faz companhia até quando nem o tédio me quer por perto. O problema mesmo é como ser mais forte que ela para não me deixar abater. Para não me deixar entristecer até quando tudo que eu tenho são diversos motivos para sorrir, para comemorar. Ou, pelo menos, quando não tenho motivos para chorar.

Eu me atropelo. Acho que não existe outra frase que me resuma melhor do que essa. Sou o primeiro a achar soluções para os problemas de todas as pessoas que conheço. A pensar em rotas de fuga, a construir pontes, a saltar de precipícios quando o foco não é a minha própria história, mas... quando o protagonista sou eu, sinto como se me esquecesse do texto que ensaiei a vida toda para dizer. Aquele que soa mais ou menos assim: "e foi feliz para sempre".

LISTA 4

COMO TERMINO ESTE LIVRO?

Eu precisava encerrar este livro com uma lista de coisas que, como ansioso, gostaria que todas as pessoas soubessem e parassem de me cobrar ou dizer ou fazer:

1 ▸ EU NÃO ESCOLHI SER ANSIOSO.
2 ▸ VOCÊ ME PEDIR CALMA NÃO VAI AJUDAR.
3 ▸ VOCÊ ME DIZER PARA FICAR BEM NÃO VAI AJUDAR.
4 ▸ EU NÃO SAÍ DE CASA, PORQUE EU NÃO CONSEGUI SAIR DE CASA.
5 ▸ EU NÃO PASSEI A NOITE ACORDADO PORQUE EU QUIS.
6 ▸ NEM SEMPRE O MEU ATRASO PODERIA SER EVITADO, EU ESTAVA EM CRISE.
7 ▸ O QUE É BOBO PARA VOCÊ, É SÉRIO PARA MIM.
8 ▸ DIZER QUE PRECISA CONVERSAR COMIGO DEPOIS VAI ME DEIXAR EM PÂNICO.
9 ▸ EU NÃO CONSIGO PREVER UMA CRISE DE ANSIEDADE.
10 ▸ SE VOCÊ NÃO SOUBER O QUE DIZER, SÓ ME OFEREÇA UM ABRAÇO.
11 ▸ TENHA PACIÊNCIA COMIGO, EU TAMBÉM ESTOU TENTANDO TER.
12 ▸ NÃO ME COBRE RESPOSTAS IMEDIATAS, NEM SEMPRE EU CONSIGO TÊ-LAS.
13 ▸ NEM SEMPRE AS CRISES TÊM UM MOTIVO.
14 ▸ DIZER QUE ANSIEDADE É FALTA DE DEUS NÃO AJUDA E, DEFINITIVAMENTE, ESTE NÃO É O MOTIVO.
15 ▸ DIZER QUE ANSIEDADE É FALTA DE QUALQUER COISA NÃO AJUDA EM NADA.
16 ▸ RESPEITE OS MEUS LIMITES SE EU DISSER QUE ELES EXISTEM.
17 ▸ NÃO FAÇA PLANOS COMIGO SE VOCÊ NÃO TIVER A INTENÇÃO DE REALMENTE CUMPRI-LOS.
18 ▸ A ANSIEDADE NÃO TEM CURA, TEM TRATAMENTO. NÃO TENTE UMA FÓRMULA MÁGICA PARA ME CURAR. SE QUISER FAZER ALGO POR MIM, ME OFEREÇA CARINHO.

O QUE POSSO FAZER POR MIM QUE AINDA NÃO ESTOU FAZENDO?

ESSA É A PERGUNTA QUE TENHO ME FEITO. ESSA É A DÚVIDA QUE MOVE OS MEUS DIAS. NÓS, TODOS NÓS, TEMOS SONHOS ALTOS, VONTADES GIGANTES, MAS, NA PRÁTICA, O QUE TEMOS FEITO PARA "CHEGAR LÁ"? EU, PARTICULARMENTE, TENHO DADO PASSOS PEQUENOS. DE TARTARUGA. DIGO ISSO, DIANTE DA MINHA CAPACIDADE DE IR ALÉM. DIANTE DA MINHA CURIOSIDADE DE SABER O QUE SE ESCONDE POR DETRÁS DA LINHA DO HORIZONTE. SENDO ASSIM, ANTECIPEI AS METAS DE ANO-NOVO QUE NUNCA FIZ, REVISITEI VONTADES, PLANOS, PROJETOS, REVI MUITAS NECESSIDADES E COMECEI A REDESCOBRIR, A REDESENHAR O MEU CAMINHO. ELE É LINDO, CHEIO DE SEMENTES PLANTADAS, ALGUNS MÚLTIPLOS E DOCES FRUTOS QUE ESTOU COLHENDO, MAS REPLETO DE VONTADES QUE AINDA IREI MATAR. SACIAR. A GENTE NUNCA PODE IGNORAR O QUE JÁ CONQUISTOU. O QUE JÁ TEM NAS MÃOS. O QUE A VIDA JÁ FEZ SER PRESENTE. MAS NASCI COM UMA INQUIETAÇÃO NO CORAÇÃO. UM DESEJO DE QUERER SEMPRE MAIS. E MAIS. E, POR FALAR EM PRESENTE, MESMO CHEIO DE TANTOS QUERERES, NUNCA ME SENTI TÃO CONFORTÁVEL EM VIVER O AGORA. SEM PRESSA. SEM PRESSÃO. SEM ME SENTIR UM CORREDOR OFEGANTE. ESTAMOS TODOS NA PRIMAVERA DA VIDA. SE EU PUDESSE TE DAR APENAS UM CONSELHO, IGNORANDO TODOS OS TEMPORAIS QUE REVIRAM OS CÉUS DO NOSSO PEITO, O SOL ESCALDANTE DO VERÃO DOS NOSSOS DIAS, SERIA: FLORESÇA. PRIMEIRO, PARA COLORIR A VIDA. SEGUNDO, PARA

SE PERMITIR DESABROCHAR EM AMOR. TERCEIRO, POIS A GENTE GASTA TEMPO DEMAIS PENSANDO EM COMO GERMINAR, EM QUANDO SERÁ A HORA CERTA. MAS TE GARANTO: ELA JÁ CHEGOU. ESPALHE TEU PERFUME PELAS VIDAS QUE CRUZAR.

EPÍLOGO

Eu queria, agora, só te abraçar e dizer: fica com Deus, nos vemos por aí... Mas sou alérgico aos finais. Não sei lidar com as despedidas. Não sei conviver com as incertezas, com a falta de contato, com o silêncio que fica quando as pessoas vão embora. Acho que é por isso que eu escrevo. Para continuar falando. Para nunca precisar de um adeus definitivo. Acho que é por isso que já termino um livro pensando no próximo. Acho que é por isso que a ansiedade é um dos maiores vilões da minha vida. Eu tenho medo de o hoje não ser suficiente e por isso fico supondo o amanhã, mas, por hora, já não existem mais páginas disponíveis.

Eu preciso entregar nas mãos do destino todas estas palavras e torcer para que você, que caminhou comigo até aqui, tenha conseguido ver mais beleza nas paisagens, tenha conseguido se enxergar com mais leveza, tenha conseguido se abraçar, pelo menos, um pouquinho mais forte. Isso aconteceu comigo durante a escrita de cada uma de todas estas palavras. Um Matheus entrou neste livro. Um Matheus sairá, em instantes, deste livro.

Levei mais de um ano para conseguir dizer tudo isso que você está acabando de ler. Reescrevi muitas e muitas vezes esses textos. Pensei em omitir informações, pensei em me expor menos, pensei em desistir. Sim. Muitas vezes. Estourei todos os prazos acordados com a editora, comigo mesmo, com todos os leitores que me encontravam e pediam um livro novo. Me sabotei de todas as formas que nunca pensei que fossem possíveis, mas ele nasceu. Cresceu. Agora este livro faz parte da nossa história.

Ele, sem que a gente percebesse, foi se aninhando dentro do nosso peito, se misturando com as nossas certezas, com as nossas dúvidas. Ele, sem que eu me desse conta, me ensinou tanta coisa que eu só quero, de verdade, internalizar e não esquecer mais. É que, enquanto eu lia e escrevia e sentia tudo isso, tudo parecia possível. Eu me senti como uma criança que estava aprendendo a andar de bicicleta e tinha rodinhas de apoio aos lados para não cair.

Mas o livro precisa acabar.

E, se ele precisa acabar, significa que vão retirar as minhas rodinhas e eu vou precisar pedalar sozinho, por conta própria, sem esse amigo que tanto me ouviu e aconselhou e, MEU DEUS DO CÉU, QUE VAZIO E QUE ANGÚSTIA.

Eu queria ficar aqui.

Eu queria continuar com você.

Eu queria que estas páginas fossem infinitas e que você fosse lendo enquanto eu escrevo para que a sensação de ponto final nunca existisse.

Mas quando o filho cresce, quer sair de casa. E agora eu entendo toda lágrima que minha mãe derrama quando eu entro no avião, saio da Bahia e volto para São Paulo. É difícil dizer adeus sem uma certeza de até quando, mas já te adianto um "até logo". Eu não sei ficar sem escrever e você pode me encontrar nos próximos livros, porque eles virão. Ou na internet. Ou dentro de você. Agora que você leu tanto sobre mim, já somos amigos. Os melhores amigos do mundo. E, se somos amigos, quero que você não se sinta só. Não importa por qual motivo seja. Sempre que a solidão pensar em te ganhar, pegue este livro e abrace-o, ou releia, ou apenas olhe para ele, nem que seja só na sua imaginação. Se você fizer isso, eu estarei pertinho de você, porque será isso que eu farei, de hoje em diante, sempre que pensar em desistir.

Eu lembrarei que alguém, em algum lugar do mundo, também estará se lembrando do meu livro e eu me sentirei menos sozinho. E eu terei ainda mais motivos para continuar com a minha missão neste mundo.

Não sei dizer adeus.

Não queria.

Mas preciso.

Se cuida. Por favor, se cuida. Olhe com amor, com carinho,

com paciência para você. Sabe aquele cuidado que você oferece a quem você ama? Então, se inspire nele e aplique tudo isso em você. Se abrace. Sinta o meu abraço.

Sei que, até o momento que escrevo isso, a ansiedade não tem cura. Não existe nada que a arranque da gente, até porque todos lidam com ela. Nem todos de forma clínica, mas lidam. Então, não se pressione. Não se cobre.

Sempre recebo mensagens me perguntando se depois dos textos, dos livros e da terapia eu me livrei das crises, e a resposta é sempre a mesma: não. Elas acontecem em menor número. Elas estão mais espaçadas. Eu sei lidar melhor com alguns sintomas e algumas delas, mas elas não desapareceram. Só que eu me tornei mais forte. Eu me tornei mais feliz.

A ansiedade não tem cura, mas ela tem tratamento. Não tenha vergonha, medo ou preconceito de pedir ajuda. De aceitar ajuda. Existem tantos profissionais capazes de te proporcionar mais conforto emocional, que eu só te imploro: não deixe de procurar ajuda. E, caso você já faça isso, eu te agradeço. Obrigado por lutar. Obrigado por não desistir. Obrigado por me ler. Obrigado por estar aqui e agora, mesmo diante de tantas coisas e lugares que você poderia estar fazendo. Estamos conectados neste momento e isso me torna, automaticamente, a pessoa mais feliz e sortuda do universo.

Você não é melhor ou pior por lidar com a ansiedade.

Você não é menos ou mais capaz por lidar com a ansiedade.

Você não merece menos ou mais a felicidade por lidar com a ansiedade.

Você é quem você é e eu te amo mesmo assim. Um amor incondicional. Um amor sem justificativas. Um amor cheio de empatia. Um amor resiliente.

Obrigado por esta jornada.

Obrigado por me dar as mãos.

Obrigado por não me julgar.

Obrigado por me aceitar.

Obrigado por escrever este livro comigo.
Agora, ele é nosso.
Ele é de todos nós.
Ele é dos que vencem, todos os dias, mas um dia por vez.
Então, até breve.

Eu não sei me despedir, então não vou colocar nem ponto final nem palavras que indiquem que eu estou indo embora. Este livro continua aí, agora, com você. Com a sua vida. Sigamos em frente...

LEIA TAMBÉM O PRIMEIRO LIVRO DO AUTOR, PUBLICADO PELO SELO OUTRO PLANETA:

O único objetivo deste livro é ser teu amigo, como ele tem sido o meu durante toda a jornada de escrita. Ao viver cada uma destas crônicas, fui compreendendo que a felicidade não é uma linha contínua. Ela é um conjunto. É uma coleção de momentos especiais que nos levam ao clímax da vida. E que a existência é como uma montanha-russa, de fato. Subidas, descidas, curvas, mas com o propósito de que a gente se divirta. Aprendi também que a ansiedade não precisa ser uma corrente que me impede de sorrir. Que eu posso conviver com ela de forma pacífica, já que é impossível esquecê-la em um cômodo da casa ou dentro do armário.

**Acreditamos
nos livros**

Este livro foi composto em Linux Libertine
e impresso pela Gráfica Santa Marta para a
Editora Planeta do Brasil em novembro de 2019.